丁顏梅著

現代日語會話

三民書局印行

著作權執照

茲據 現代日語會話一書 聲請註冊 經依法審查應准註冊合行發給台內著字第 號執照

計開

著作物	著作人
現代日語會話	丁顏梅

右給 收執

中華民國 月 日

著　者　丁顏梅
發行人　劉振强
出版者　三民書局股份有限公司
印刷所　三民書局股份有限公司
地址／臺北市重慶南路一段六十一號
郵撥／〇〇〇九九九八－五號
初版　中華民國六十年四月
修訂五版　中華民國七十二年九月
修訂七版　中華民國七十七年十月
修訂八版　中華民國八十年十一月
編　號　S 80029
基本定價　叁元伍角陸分
行政院新聞局登記證局版臺業字第〇二〇〇號
著作權執照臺內著字第四三九二號

ISBN 957-14-1156-6（平裝）

前言

著者執教大同工學院及明志工專，八年於茲，鑒於戰後日語變動甚多，為配合教學需要，廣徵博引，編撰講義，前年秋應同學要求，整理付梓，顏曰「現代日語讀本」，分上下册，印贈同學，旋以友好及社會人士紛紛函索，乃以著作權無償提供三民書局，廉價供應同好，發行以來，尚得好評。

茲以累年教學心得，著「現代日語會話」乙書，與前者合成乙套，配合使用，相互發揚，使學習日語者得窺全貌，一得之愚，期能有所貢獻，著者仍本初衷，將著作權無償由三民書局印行，廉價供應，以廣流傳，敬祈讀者諒察。

民國六十年四月八日

丁顏梅敬識

現代日語會話　目次

附　錄

第一章　日語口頭語的特點和會話上必須注意的地方

一、日語口頭語的特點

各國家的語言，由文字表現的語言（文字語言）和口頭表現的語言（聲音語言）其間都稍有差異。日語也不例外。一般日語的口頭語（聲音語言＝話し言葉）有下列各種特點。

註　1本書句末如有註明「男」「女」等是分別表示男性用語，女性用語，沒有特別註明的表示男女適用。

2括弧（　）表示括弧裡的語也可以代用。

3引號「　」表示引號裡的語有時可以添加應用。

4本書在日文中所用的漢字超過日本當用漢字的字數，其目的在儘量節省註解文字，讓讀者由字面上領略其意義。

（一）經常有省略

(1) 主語的省略

1 林さんですか。　林先生（小姐）嗎？

「あなた（そちら）は」林さんですか。　你是林先生（小姐）嗎？

2 李ですが、林さんは、いますか。　我是李，林先生（小姐）在嗎？

「わたし（こちら）は」李ですが、林さんはいますか。

(2) 述語全部或其一部分的省略

1 わたしは　相変らずですが、あなたは？　我「仍舊」好啊，你呢？

わたしは　相変らずですが、あなたは「如何（お元気）ですか」　我「仍舊」好啊，你好嗎？

2 その後如何？　別後（其後）如何？

その後如何「ですか」

(3) 格助詞的省略

1 この本　見せて下さい。　請讓我看這本書。

この本「を」見せて下さい。

2 わたし　先に失礼します。　我先走（用）了。

わたし「は」先に失礼します。

3 ご兄弟　有りますか。　你有兄弟（姊妹）嗎？

ご兄弟「が」有りますか。

（二）有成分倒置

1 何処で買いましたか、それは。　在什麼地方買的？那個。
それは　何処で買いましたか。
2 一寸見せて下さい、それを。　請給我看看，那個。
それを　一寸見せて下さい。
一寸それを　見せて下さい。

（三）感歎詞多

1 おい、林君。（男）　喂，林君。（先生）
2 あの、林さん。　喂，林先生。（小姐）
3 やあ、暫く。（男）　哦，久違久違。
4 あら（まあ）、暫く。（女）　哎呀，好久沒見。

（四）感歎助詞多

尤其是在常體會話裡多用感歎助詞來表示互相親密感情，或調整語氣。

1 あのね、林君。(男)　啊，林君。(先生)
2 これをね、あの人がくれるって。　這個嗎！他說要給我。
3 これをさ、あの人がくれるって。(男)　註（―って＝―と言って的略）
4 そんな事聞かなかったね。　那回事沒聽說呀。
5 そんな事　聞かなかったよ。
6 そんな事　聞かなかったさ。(男)
7 そんな事　聞かなかったわ。(女)
8 それは　そうだぜ。(男)　那就是嘛。(啊)
9 それは　そうだよ。(男)
10 それは　そうですわ。(女)
11 それは　そうですよ。
12 それは　そうですとも。　可不是麼！

(五) 轉訛音多（參照現代日語讀本下册一五一頁）

1 じゃ　お先に。(では)　那麼，我先走了。(用了等) 那麼請你先走。(用等)
2 早く　勉強しなくちゃ。(しなくては)　不趕快用功…。「不行」

3ありゃ そうじゃないよ。 那不是的。
(あれは そうではないよ)
4降(ふ)らなけりゃ いいが。 不下雨才好!(註 表示願望)
(降らなければ いいが)

(六) 句子構造比較簡單,修飾語也不多,常用一語文

一語文的例子(參照現代日語讀本下册三三頁)

1行(い)きましょうか。 「我們」去吧。
2待(ま)ってね。 等我呀。
3ええ。 唔。(好。是)
4勉強(べんきょう)しましたか。 用功了嗎?
5したよ。 用功了。(做了。做好了)
6今日(こんにち)は。 午安。你好!
7いらっしゃい。 來吧。你來啦。

(七) 常以不完結的形結尾(不以終止形結尾的)

1もうご飯「を」おすみになって？　吃過飯了嗎？
（おすみになりましたか）

2早く　ご飯をお上がり。（お上がりなさい）　趕快吃飯吧。

3ここへ　お名前を書いて。（書いて下さい）　「請」把名字寫在這兒。

(八) 有常體、敬體、最敬體之別

由於說者，聽者，以及話中人物之間的關係或場合殊異，同一內容的表現其表現形式（敬語法）各有差別。

(1) 常　體

話末以「だ」或用言，助動詞的終止形結尾。此體用於晚輩，家族間或親近的朋友間表示隨便親近的感情。

1おい　林君、この近くに　郵便局は　ないかね。(男)　喂，林君（先生）這附近有沒有郵局？
答少し行くと　有るよ。　走一下就有啊。

2兄さん、この近くに郵便局はないかね。(男)／の？(女)　哥哥，這附近有沒有郵局？
答少し行くと　有るよ。

3 姉さん、お母さん家にいらっしゃらないの？　姐姐，媽媽不在家嗎？

答 お母さんは 市場へいらっしゃったのよ。　媽媽到市場去了。

註 「ない、ある、いらっしゃらない、いらっしゃった」都是常體的終止形。「いらっしゃらない、いらっしゃった」表示母親的存在（いる）動作（行った）的尊敬語。

(2) 敬 體

話末以「です、ます」結尾。此體用於長輩或較生疎之間者。昭和二十七年（民國四一年）日本政府指示民間於一般會話和學生對老師會話以此體爲標準。

生疎之間者

1 一寸お尋ねしますが、この近くに 郵便局は有りませんでしょうか。　請問你，這附近有沒有郵局？

答 少しいらっしゃると有りますよ。　走一下就有啊。

長輩晩輩間

2 先生、この近くに 郵便局は有りませんでしょうか。　請問老師，這附近有沒有郵局？

答 少し行くと 有りますよ。／有るよ。　走一下就有啊。

註 2的答是老師（長輩）對學生（晩輩）用。所以不必用「行く」的敬語，也可以用常體「……有るよ」。

(3) 最敬體

話末以「でございます、ございます」結尾。此體用於正式或特別莊重的場合。

1 一寸お伺い致しますが、このお近くに　郵便局はございませんでしょうか。　請問您，這附近有沒有郵局？

答 少しいらっしゃいます（お出でになります）と　ございますよ。　走一下就有啊。

2 皆様に　お出で頂く事が出来まして、光栄の至りでございます。　承蒙各位光臨，非常榮幸。

大変嬉しゅうございます。　甚感愉快。

註
お伺い致します＝請問，拜訪
お出で頂く＝請駕臨（蒙臨席）　｝謙讓語
いらっしゃいます＝來，去，在
お出でになります＝來，去，在　｝尊敬語
お近く＝附近，最近
ございません＝沒有
ございます＝有
でございます＝是　｝鄭重語

正式或特別莊重的場合有的是儀式，公開集會等的嚴肅場面。但是上了年紀的女人或從事於服務性職業的人，生意人對顧客也常用此體。

還有一些日常客套語用此體。

例　お早うございます。　早安。（您早）

有り難うございます。　謝謝您。

おめでとうございます。　恭喜您。

二、會話上的注意者

（一）要先判斷彼此之間的尊卑、親疏、優劣關係或看場合，然後決定語體，同時選用適合於此語體的語詞。

(1)　説者和聽者的關係很親近隨便，或聽者是晚輩時用常體。

1 もう春だね。（男）もう春ね。　已經春天啦。

2 大変涼しいね。　非常涼爽啊。

3 此処は静かだね。（男）此処は静かね。　這裡很清靜啊。

4 よく降るね。　雨下個不停啊。

5 君　行くかい。（男）　你去嗎？

6 あなた行くの？

7 林君、一寸待ってくれ。（男）　林君（先生）等一下。

8 林さん、一寸待って頂戴。（女）　林先生（小姐）等一下。

(2)　以(1)的情形加上話中人物也是親近的或是晚輩時，用普通語的常體。

1 林君（さん）は　本を買った。　林君（先生）買了書。

2 林君（さん）は　寝ている。　林君（先生）正在睡覺。

註　君＝あんた＝あなた＝你　用於平輩、晚輩的對稱。

僕＝わたし＝わたくし＝我　對於平輩、晚輩說的自稱。

君＝さん＝先生　用於平輩、晚輩人名下面的敬稱。

這些語是男性間使用的一組相關同格的語。所以說「私はあの人と君僕の間柄だ」就是我跟他之間常互叫「君僕」那麼親密隨便的關係之意。

(3)　以(1)的情形而話中人物是長輩時用有尊敬語的常體。

1 林先生は　本を買われた。　林老師買了書。

2 林先生は　本をお買いになった。　（比右句客氣）

3 林先生は　寝ていられる。　林老師正在睡覺。

4 林先生は　寝ていらっしゃる。　（比右句客氣）

(4)　聽者是生疎的或長輩時用敬體。

1 もう春ですね。　已經春天啦。

2 大変涼しいですね。　非常涼爽啊。

3 此処は静かですね。　這裡很清靜啊。

4 よく降りますね。　雨下個不停啊。

5 あなたは　行かれますか。　你去嗎？

6 先生は　いらっしゃいますか。　老師去嗎？

7 林さん、一寸待って下さい。　林先生（小姐）請等一下。

8 林さん、（先生）一寸お待ち下さい。　（比右句客氣）

(5)　以(4)的情形而話中人物是親近的或晚輩時，用普通語的敬體。

1 林君（さん）は　本を買いました。　林君（先生）買了書。

2 林君（さん）は　寝ています。　林君（先生）正在睡覺。

(6)　以(4)的情形而話中人物需要待他客氣時，用有尊敬語的敬體。

1 林さん（先生）は　本を買われました。　林先生（老師）買了書。

2林さん（先生）は本をお買いになりました。　（比右句客氣）

3林さん（先生）は　寝ていられます。　林先生（老師）正在睡覺。

4林さん（先生）は　寝ていらっしゃいます。　（比右句客氣）

(7)　特別鄭重的場合用最敬體。

1もう春でございますね。　已經春天啦。

2大変涼しゅうございますね。　非常涼爽啊。

3此処は静かでございますね。　這裡很清靜啊。

4あなた様（社長さん）はお出でになりますか。　您（董事長）去嗎？

5林様（社長様）は　御本をお求めになりました。　林先生（董事長）買了書。

6林様（社長様）は　お休みになっていらっしゃいます。　林先生（董事長）正在睡覺。（正在休息）

註　「お求めになる、お休みになる」是「買う、寝る」的鄭重語「求める、休む」以尊敬語的造語法「お＋連用形＋になる」造出來的尊敬語。
「御本」是鄭重語。

（二）　話裡的各語間互相要調和。

1 御飯を食うかい。（×）「御飯」鄭重語，「食う」比普通語粗。

該説

御飯を食べるかい。（男）　常體　要吃飯嗎？

御飯を食べますか。　敬體

飯を食うかい。　粗的講法，男學生用於親近的同學間。

2 あの方も行くかい。（×）「あの方」尊敬語、「行くかい」普通語。

該説

あの方も行かれるかい。（男）／の？　常體　那位也要去嗎？

あの方もお出でになるかい。（男）／の？　常體

あの方も行かれますか。　敬體

あの方もお出でになりますか。　最敬體

（主述語都由尊敬語構成的）

あの人も行くかい。（男）　常體　他也要去嗎？

あの人も行くの？　常體

あの人も行きますか。　敬體

（主述語由普通語構成的）

3 そちらは誰だい。（×）「そちら」方向語轉成對稱的尊敬語，「誰だい」普通語而常體。

該説

そちらは　どなたですか。　敬體　您是哪一位？

そちらは　どなたでいらっしゃいますか。　最敬體（主述語由尊敬語構成的）

あなたは　誰ですか。　敬體　你是誰？

そっちは　誰ですか。　敬體（主述語由普通語構成的）

そっちは　誰だい。（男）　常體

君(きみ)は　誰だい。（男）　常體

（三）選適合於各語體，場合的語。

日語中有一群語詞雖然是同意義可是有的白話語氣做普通語用，有的文言或漢語語氣用於敬體；最敬體等鄭重場合。（參照二九頁）

1 僕(ぼく)にはとても出来(でき)ない。（男）　我怎麼也不會。

私(わたくし)には　到底(とうてい)　出来ません。

2 えらく　うまい　話(はなし)だね。（男）　非常好的消息啊。

大層(たいそう)　結構(けっこう)なお話ですね。

3 明日(あした)　行(い)くよ。　明天去呀。

明日(みょうにち)　参(まい)ります。

4 暫(しばら)く　お待(ま)ち下(くだ)さい。　請等一等。

今(いま)暫く　お待ち下さいませ。

5 今朝(けさ)　お電話(でんわ)した　林です。　我是今晨給你電話的林。

今朝程(ほど)　お電話した　林でございます。

6 皆(みな)さん、今日(きょう)は　よくいらっしゃいました。　各位，今天來得眞好。(很歡迎各位光臨)

皆様(さま)、本日(ほんじつ)は　ようこそお出(い)で下(くだ)さいました。

(お越(こ)し下さいました)

7 知(し)っています。　知道(認識)的。

存(ぞん)じております。

8 分(わ)かりました。　知道了。(好的)

承知(しょうち)しました。

承知致(いた)しました。

9 うん、そうだよ。(男)　嗯，是的。

ええ、そうです。

はい、そうです。

はい、さようでございます。

10 いや、違(ちが)うよ。　不，不是(不對)的。

いえ

いいえ、違います。

11 いいよ。　好(可以，沒關係)呀。

いいんですよ。

ようございますよ。

宜(よろ)しゅうございますよ。

(四) 要識別男女的用語。

文章語沒有男女語的分別，可是口頭語有些地方男女不同。尤其常體，其差別比較顯著。

(1) 男性專用或多用的語

名詞

僕(ぼく)=我，用於不需客氣場合的自稱

君(きみ)=你，對平輩以下的對稱

俺(おれ)=我，對平輩以下的自稱，有自大語氣

わし=我，老人多用的自稱

貴様(きさま)=你，粗話的對稱

こ　　　這
そ　いつ=那　個東西，粗話
あ　　　那　傢伙
ど　　　哪

感歎詞　やあ＝呀，啊，哎呀，表示招呼，驚訝
おい＝喂，表示招呼，用於平輩以下
やい＝喂，嘿，有揶揄語氣的招呼

感歎助詞　…ぜ＝…啊
…ぞ＝…啊，…啦　比「ぜ」語氣重
…かな＝嗎？呢？
…かい＝嗎？
…だよ＝…呀（註「だ」是斷定助動詞）
…さ＝呀，嘛

補助動詞　くれ＝給我吧，動詞連用形＋て＋くれ
給え＝「くれ」的文言，動詞連用形＋給え
例　来てくれ＝你來一下、
読んでくれ＝替（給）我讀一讀。
来てくれ給え＝請你來。「一下」
読んでくれ給え＝請你替我讀。

接尾語　君＝君，先生，接於平輩以下的名字下面之敬稱

註　「……給え」是「君、君」配用的語。

(2) 女性專用或多用的語

名詞

うち＝我，我家

わたし＝我，「わたくし」的省略語

あたし＝「わたし」的訛音

あんた＝你，「あなた」的訛音

感歎詞

あら＝啊

あらまあ＝哎呀

あれ＝唉，嗳

ねえ＝喂，喏

感歎助詞

…わ＝哇，啊

…わね＝啊，哪

…わよ＝呢

…こと＝多麼…呀

…の？＝嗎？呢？

…かしら＝嗎？吧？

1 僕は 行かないんだよ。(男)
あたしは 行かないのよ。(女)

我不去呀。

2 君、この事を知ってるかい。(男)
あんた、この事を知ってるの？(女)

你知道這回事嗎？

3 そんな事、俺知らんよ。(男)
そんな事 わたし知らないわ。わよ。(女)

那種事我不知道啊。

4 もう遅いぞ。ぜ。(男)
もう遅いわ。わよ。(女)

已太晚了。

5 これをさ くれるって。(男)
これをね くれるって。(女)

這個嘛，說要給我的。

6 もう聞いたさ。(男)
もう聞いたよ。(女)

已經聽說了。

7 そんな事 あったかな。(男)
そんな事 あったかしら。(女)

有那回事嗎？

8 この本 貸してくれね。(男)
(貸してくれ給え)
この本、貸して頂戴ね。(女)

這本書借給我呀。

9 君は誰だい。(男)　　　　你是誰?
あんたは誰なの?(女)

10 林君は　もう行ったかな。(男)　　　　林先生已經去了嗎?
林さんは　もう行ったかしら。(女)

11 君の本は　これかい。(男)　　　　你的書是這本嗎?
あんたの本は　これなの?(女)

12 おい林君、待ってくれ。(男)　　　　喂,林先生,等我吧。
ねえ林さん、待って頂戴。(女)

13 やあ、びっくりしたね。(男)　　　　哎呀,嚇了一跳。(吃了一驚)
あら(まあ)、びっくりしたわ。(女)

14 いらっしゃい。(男)　　　　你來啦。(歡迎歡迎)
いらっしゃいませ。(女)

15 御免下さい。(男)　　　　有人在嗎?對不起。
御免下さいませ。(女)

16 お休みなさい。(男)　　　　好好地休息(睡)吧。
お休みなさいませ。(女)

17 本が有りますか。(男)　　　　有書嗎?
本がございますか。(女)

18 そうですね。(男)　　是啊。對啦。
　さようでございますね。(女)
　(そうでございますね)

19 やあ、これは珍しい。(男)　　哎呀，久違久違。哎呀，這個珍奇呀。
　あらまあ、これはお珍しい。(女)

20 おお、早いな。(男)　　喔，多麼快。
　まあ　お早いこと。(女)

21 これはうまいね。(男)　　這個好吃呀。
　これはおいしいわね。(女)

註　14—21表示女性話比男性話鄭重。
　還有一些男女通用的語比方「でしょうか、下さいませんか、ませんか」都比「ですか、下さい、ましょうか」聽起來較柔和、客氣。

1 この本はあなたのですか。　　這本書是你的嗎？
　この本はあなたのでしょうか。　　(比右句不生硬而鄭重)

2 この本を貸して下さい。　　這本書借給我吧。
　この本を　貸して下さいませんか。　　(有商量的語氣)

3 映画を見に　行きましょうか。　　我們看電影去吧。

映画を見に行きませんか。（有商量的語氣）

（五）重　音

日語是比其他國家的語言來得平板，它的重音是表示音的高低，然而音的高低也不是絕對的。同一個語的重音由於地方的差別，有時候是相反的，有時候則沒有區別，所以初學者對於日語的重音不必過於拘泥，儘量說得自然流利就好。日語不是重音說錯了就聽不懂的語言，況且他們批評我們常用四聲的習慣說日語呢。

橋（はし）
- はし（東京地方的重音）
- はし（關西地方的重音）

箸（はし）
- はし（東京地方的重音）
- はし（關西地方的重音）

あめ＝雨
あめ・あめ＝飴＝麥芽糖，糖果

はし＝橋
はし＝箸＝筷子

かき＝牡蠣
かき・かき＝柿

かめ＝亀
かめ＝甕

あさ＝朝
あさ＝麻

はな＝花
はな＝鼻

かみ＝神
かみ＝紙，髮

ひ＝火
ひ＝日

し＝四
し＝詩

註　｜表示高音

（六）字音數

對於日人而言好像一語以四，五個字音構成比較適宜而容易說。所以超過這字音數的語就儘量想辦法把它縮短。

万博＝万国博覧会
安保＝日米安全保障条約
農協＝農業協同組合
東芝＝東京芝浦
鐘紡＝鐘ヶ淵紡績
鰻どん＝鰻どんぶり（有烤鰻魚的飯）
蝦てん＝蝦てんぷら（炸蝦）
握り＝握りずし（有生魚片的飯糰）
お握り＝握り飯（飯糰）
アパート＝アパートメントハウス（公寓）
デパート＝デパートメントストア（百貨店）
トイレ＝トイレット（化粧室，洗手間）
テレビ＝テレビジョン（電視，電視機）

(七)「お」和「御」的用法

「お」和「御」都接於種種的語上面表示尊敬，謙讓或鄭重之意，而大體上，「お」用於訓讀語的上面。「御」用於音讀語的上面。

(1) 表示尊敬之意的

1 どうぞお教え下さい。 請您賜教。(敬體)
何卒御教示下さるよう願い上げます。 (同右 最敬體)

2 どうぞ此処でお休み下さい。 請在這裡休息吧。(敬體)
どうぞ此処で御休憩下さい。 (同右)

3 お風邪は、もうよくなりましたか。 您的感冒已經好了嗎？(敬體)
御感冒は もう宜しゅうございますか。 (同右 最敬體)

4 お勤め先は、どちらですか。 您在哪兒工作？(敬體)
御勤務先は、どちらですか。 (同右) (註 先＝…地方)

5 お祖母さんは、如何ですか。 令祖母好嗎？(敬體)
御祖母様は如何でいらっしゃいますか。 (同右 最敬體)

(2)　表示謙讓之意的（接於和對方有關的本身行爲語的上面）

1早速お知らせします。（致します）　馬上通知您。（敬體）

早速御通知致します。　（同右）

2明日お尋ねします。　明天要拜訪您。（敬體）

明日御訪問致します。　（同右）

3早速お調べします。（致します）　馬上調查。（敬體）

早速御調査致します。　（同右）

4その結果は、お手紙でお知らせします。（致します）　結果將用信通知您。（敬體）

その結果は、御書面で御報告致します。　（同右　語氣較鄭重）（註　書面＝書信，書面）

5ではどうぞ宜しくお頼みします。（お願いします）　那麼多多拜托您啦。（敬體）

それでは何卒宜しく御依頼致します。　（同右）

(3)　表示鄭重之意的

1さあ、大したお菜も有りませんが、どうぞ。　啊，沒什麼特別好菜請隨便用吧。（敬體）

いえ、どうして、　　不，哪兒的話，

これは、大変な御馳走ですよ。　　這是非常盛饌啊。

2 御酒は、日本酒？　　酒，要（喜歡）日本酒？

それとも、洋酒？　　還是洋酒呢？

私は、日本のお酒の方が好きですね。　　我比較喜歡日本酒啊。（敬體）

註　不過也有一些日常用語雖然是音讀而接頭語用「お」的。大概這些語對日人而言已不是漢語調的感覺了。

例子

お元気　　健康，精神好

お大事に　　保重啊

お食事　　飯，餐

お料理　　菜，烹調

お電話

お教室

お廊下　　走廊

お授業　　教課，功課

お勉強　　功課，用功　（女）

還有一些語「お」「御」雙方都用的。

お返事（へんじ）
御（ご）返事

お大切（たいせつ）に
御大切に

お相伴（しょうばん）　作陪，作陪客
御相伴

お散歩（さんぽ）
御散歩

第二章 會話上常用的語詞和慣用語句

一、語 詞

(一) 用於一般場合和用於較鄭重場合（有漢語語調、文言語調的語）的比較。

一般場合	鄭重場合	
わたし	わたくし	我
あなた	あなた	你
さきおととい	一昨々日（いっさくさくじつ）	大前天
おととい	一昨日（いっさくじつ）	前天
きのう	昨日（さくじつ）	昨天
きょう	今日（こんにち）、本日（ほんじつ）	今天
あす、あした	明日（みょうにち）	明天
あさって	明後日（みょうごにち）	後天
しあさって	明々後日（みょうみょうごにち）	大後天
来年（らいねん）	明年（みょうねん）	明年

親爺(おやじ)（父親的愛稱）	父(ちち)	父親
お父(とう)さん	お父様(とうさま)	父親，爸爸
お袋(ふくろ)（母親的愛稱）	母(はは)	母親
お母(かあ)さん	お母様(かあさま)	母親，媽媽
兄貴(あにき)（哥哥的愛稱）	兄(あに)	哥哥，姐夫
兄(にい)さん	お兄さん、お兄様(にいさま)	哥哥，姐夫
姉(ねえ)さん	お姉さん、お姉様(ねえさま)、姉(あね)	姐姐，嫂嫂
さん	様(さま)	先生，小姐等
みんな	皆(みな)	全體，大家，一切
こ	こ	這
そ　っち	そ　ちら	那　邊
あ	あ	那
ど	ど	哪
いい、よい、	宜(よろ)しい	好，可以
おい、ねえ ちょっと！	もしもし	喂，喂喂

いえ、いや	いいえ	不
ええ、うん	はい	是
さっき	先程(さきほど)	剛才
今度(こんど)	此(こ)の度(たび)	這次
どう	如何(いかが)	怎樣
いくら	如何程(いかほど)	多少錢
あとで	後程(のちほど)	過後，回頭
少(すこ)し、一寸(ちょっと)	少々(しょうしょう)	稍微，一些
どうぞ、どうか	何卒(なにとぞ)	請
ほんとうに／ほんとに	誠(まこと)に	實在
大変(たいへん)	誠に、非常(ひじょう)に	非常
ちっとも	少しも	一點也「不」
あんまり	余(あま)り	過於，太
きっと	是非(ぜひ)	一定
それじゃ	それでは	那麼
じゃ	では	那麼

でも	然し	可是，但是
そうしたら	そうすると	那麼就
そしたら	そうすれば	那麼就
すみませんが	恐れ入りますが 恐縮ですが	對不起，冒失，不敢當
たくさんです	結構です	夠了，不要了

（二）家族的稱呼

自己的	対方的
祖父（母）	お祖父さん、お祖母さん
父（母）	お父さん、お母さん
伯（叔）父（母）	伯（叔）父さん、伯（叔）母さん
兄（姉）	兄さん、姉さん、お兄（姉）さん
弟（妹）	弟さん、妹さん
主人（外子）	御主人
家內（太太，內人）	奥さん、奥様（太太，夫人）
子供、子供達（孩子們）	お子さん、お子さん方

息子（兒子）	息子さん、「お」坊ちゃん（少爺，公子）
娘（女兒）	お嬢さん（小姐，令愛）
甥（兄弟，姉妹的兒子）	甥御さん
姪（兄弟，姉妹的女兒）	姪御さん
兄弟、姉妹	御兄弟、御姉妹
孫	お孫さん
従兄、従弟（堂表兄弟）	「お」いとこさん
従姉、従妹（堂表姉妹）	「お」いとこさん
家族（家屬）	御家族
親類（親屬）	御親類
夫婦	御夫婦
兩親（雙親）	御両親
婿（女婿）	お婿さん（女婿，新郎）
嫁（媳婦）	お嫁さん（媳婦，新娘）
宅（家，我家，外子）	お宅（公館，府上）

(三) 敬語動詞

動詞中有一些原來就特別表示尊敬、謙讓和鄭重的。這叫做敬語動詞。(參照現代日語讀本下册一三六頁)

(1) 尊敬動詞

1 お出でになる＝来る、行く、いる（來，去，在）

2 いらっしゃる＝来る、行く、いる

3 お越しになる＝来る、行く

4 見える＝来る

5 おっしゃる＝言う（說）

6 なさる＝する（做，辦，弄）

7 上がる＝食べる（吃）

8 召し上がる＝食べる

9 下さる＝くれる（給我）

(2) 謙讓動詞

1 参る＝来る、行く（來，去）
2 申す＝言う（説）
3 申し上げる＝言う
4 頂く（戴く）＝食べる、貰う（吃，領收）
5 頂戴する＝食べる、貰う（吃，領收）
6 拝見する＝見る（看）
7 拝借する＝借りる（借）
8 上げる＝やる、与える（給人家）
9 差し上げる＝やる、与える
10 お目にかかる＝会う（會見）
11 お目にかける＝見せる（給人家看）
12 御覧に入れる＝見せる
13 お耳に入れる＝聞かせる（給人家聽）
14 伺う＝尋ねる、聞く（訪問，問，聽）
15 上がる＝尋ねる（訪問）
16 お邪魔する＝尋ねる（訪問，打擾）
17 存じる＝思う、知る（想，知道）

18 存じ上げる＝思う、知る
19 畏まる＝承知する（知道了，答應了，好的）
20 致す＝する（做，辦，弄）

(3)　鄭重動詞

1 おる＝いる（在，有，用於有情之物）
2 ございます＝ある（在，有，用於非情之物）
3 求める＝買う（買）
4 耳にする＝聞く（聽）
5 亡くなる＝死ぬ（死亡）
6 休む＝寝る（睡）

註　「おる、ございます」雖然是鄭重動詞可是有謙讓語氣在裡面、所以不能用於對方的存在，所有等。

（四）普通動詞臨時的敬語化「參照現代日語讀本下冊一三二頁」

(1)　尊敬動詞化

（常體）　（敬體）

A お＋動詞連用形＋になる（になります）
　　　　　　　　　なさる（なさいます）

1 お読みになる。　お読みなさる。
2 お書きになる。　お書きなさる。
3 お話しになる。　お話しなさる。
4 お借りになる。　お借りなさる。
5 お起きになる。　お起きなさる。
6 お出になる。　お出なさる。
7 お植えになる。　お植えなさる。

註　「……になる」比「……なさる」的敬意高一點。不過「……になる」没有命令形，所以命令形都用「……なさる」的命令形「……なさい」。可是「……なさい」習慣上不能用於長輩。對於長輩要用請求、懇求方式來代替。

例　お読みなさい→お読み下さい、お読み下さいませんか、お読み下さるようお願いします。
お書きなさい→お書き下さい、お書き下さいませんか、お書き下さるようお願いします。

（常體）　（敬體）

B 御＋動詞性名詞＋になる（になります）
　　　　　　　　　なさる（なさいます）

1 御旅行になる。　御旅行なさる。

2 御見物になる。　御見物なさる。（遊覽，觀覽）

3 御心配になる。　御心配なさる。（憂慮，擔心）

4 御準備になる。　御準備なさる。

5 御講演になる。　御講演なさる。

6 御見学になる。　御見学なさる。

C

（常體）　（敬體）

動詞　れる　（れます）（五段，さ行變格的動詞未然形）

＋

未然形　られる（られます）（上·下一段，か行變格的動詞未然形）

（尊敬助動詞）

1 読まれる ⎫
2 書かれる ⎭ 五段動詞

3 される—さ行變格動詞

4 借りられる ⎫
5 起きられる ⎭ 上一段動詞

6 出られる ⎫
7 植えられる ⎭ 下一段動詞

8 来（こ）られる—か行變格動詞

註 此接「れる、られる」尊敬助動詞的敬語比前AB的敬語其敬意稍低一點，可是形式比較簡單。

(2) 謙讓動詞化

A お＋動詞連用形＋する（します）（常體）／致（いた）す（致します）（敬體）

1 お読（よ）みする。　お読み致す。
2 お書（か）きする。　お書き致す。
3 お話（はな）しする。　お話し致す。
4 お借（か）りする。　お借り致す。
5 お植（う）えする。　お植え致す。

B 御（ご）＋動詞性名詞＋する（します）（常體）／致（いた）す（致します）（敬體）

1 御案内（あんない）する。　御案内致す。（嚮導，邀請，通知）
2 御紹介（しょうかい）する。　御紹介致す。

3 御説明する。　御説明致す。

4 御報告する。　御報告致す。

5 御挨拶する。　御挨拶致す。（致敬，致詞，回答）

6 御依頼する。　御依頼致す。

註　「……致す」比「する」謙讓意重就是多客氣的。假如代替「する、致す」用「申す、申し上げる」謙讓意更重了。不過近來因爲敬語簡單化「お……する、ご……する」的用法漸漸地變成一般性了。

C 動　詞

連用形　＋て＋頂く（戴く）（常體）　（頂きます）（敬體）　（請求人家爲自己做件事）

1 読ん（み）で（て）頂く。（請……讀）

2 書い（き）て　頂く。（請……寫）

3 話し　て　頂く。

4 案内し　て　頂く。（請……引路）

5 説明し　て　頂く。

6 紹介し　て　頂く。

註　「案内する、説明する、紹介する」是動詞性名詞「案內、說明、紹介」連結さ行變格動詞「する」造出來的複合動詞、其連用形是「案內し、說明し、紹介し」。（み）、（て）、（き）是「ん、で、い」的原音。

二、慣用語句

(一) お(御ご)……様さま

1 お生憎(あいにく)様　不湊巧。偏巧。（不能應對方要求時的拒絕語）

2 お陰(かげ)様　托您福。（道謝語）

3 お気(き)の毒(どく)様　不湊巧。值得同情。過意不去。致唁。道歉。（拒絕或慰問語）

4 お邪魔(じゃま)様　打擾你了。（道歉語）

5 お世話(せわ)様　蒙受你的照顧了。（道謝語）

6 お粗末(そまつ)様　簡慢啊。（請客後主人說的語）

7 お疲(つか)れ様　你累了。（慰勞語）

8 お待遠(まちどお)様　讓你久等啊。（道歉語）

9 御苦労(くろう)様　你辛苦啊。（慰勞語）

10 御親切(しんせつ)様　謝謝你的好意。（道謝語）

11 御馳走(ちそう)様　叨擾了。（道謝語）

註　以上各語句上面可以接副詞「どうも」＝眞，實在，下面也可以接「です、でございます」用。

例 どうもお世話様。
お世話様です。（でございます）
どうもお世話様です。（でございます）

（二）お……に、お……く
　　御(ご)……に、御……なく、御……く

1 お先(さき)に　請先……吧。對不起，我先……。
2 お静(しず)かに　請不要吵。（不要發出聲音）安靜些吧。
3 お大事(だいじ)に　請保重啊。
4 お楽(らく)に　請寬坐。隨便。輕鬆。
5 御自由(じゆう)に　請隨意啊。
6 御随意(ずいい)に　請隨意吧。
7 御大切(たいせつ)に　請保重啊。
8 お早(はや)く　請趕快。
9 御遠慮(えんりょ)なく　請不要客氣。
10 御心配(しんぱい)なく　請不要在意。

11 宜しく　　請問好。請代問安。請指教。

12 御ゆっくり　　請慢慢兒地。

　註　以上各語句上面可以接副詞「どうぞ」＝請。

　例　どうぞお先に
　　どうぞお静かに
　　どうぞ御大切に
　　どうぞ宜しく
　　どうぞ御ゆっくり

(三)

……です
……ます　が、(事先辯白的語)
……ません

1 お手数ですが、　　麻煩你。勞駕。

2 御面倒ですが、　　(同右)

3 済みませんが、　　對不起。勞駕。

4 恐れ入りますが、　　對不起。很冒昧。勞駕。

5 失礼ですが、　　對不起。冒失。

6 早速ですが、　　請允許免說客套話開口就說要件。

7 粗末な物ですが、　是粗糙東西。

8 少しばかりですが、　一點東西。

9 僅かですが、　(同右)

10 僅かな物ですが、　(同右)

11 勝手ですが、　很冒昧。不客氣。隨便的。很自私的。

12 勝手がましいですが、　(同右)

註　以上各語句上面可以接「どうも」

13 お尋ねしますが、　請問你。

14 お伺いしますが、　(同右)

註　以上各語句可以接副詞「ちょっと、少し」

例　どうもお手数ですが、
どうも失礼ですが、
どうも勝手ですが、
ちょっとお尋ねしますが、
少しお伺いしますが、

(四) 其他

1 行って参ります。(行って来ます)　我要走了。

2 行っていらっしゃい。	走吧。請。（送人出門說的話）
3 只今（ただいま）。	我回來了。
4 お帰（かえ）りなさい。	你回來了。
5 いらっしゃい。（いらっしゃいませ）	來啊！請進啊！
6 御無沙汰（ごぶさた）しております。	久未問候。
7 長（なが）い間（あいだ） 失礼（しつれい）しております。	（同右）
8 どう致（いた）しまして。	哪裡哪裡。哪兒的話。不要客氣。好說。
9 こちらこそ。	彼此彼此。我才是啊。
10 暫（しばら）く。	久違久違。好久沒見啊。
11 お元気（げんき）ですか。	你好嗎？
12 如何（いかが）ですか。	你好嗎？如何呢？
13 お変（かわ）りありませんか。（ございませんか）	好嗎？
14 お暇（いとま）します。	我要告辭了。
15 失礼します。	對不起。失陪了。告辭了。
16 お構（かま）いもしませんで。	恕招待不週。怠慢啊。
17 さようなら。（さよなら）	再見！
18 お気（き）をつけて。	請保重。請留神。當心吧。

19 お休(やす)みなさい。 好好地休息吧。好好地睡吧！

20 御機嫌(ごきげん)よう。（御機嫌よく） 祝你快樂。祝你一路平安。

21 結構(けっこう)です。 好極了。可以呀。

22 もう結構です。 已經够了。不要了。

23 分(わ)かりました。 懂了。知道了。好的。

24 承知(しょうち)しました。 知道了。好的。（比23鄭重）

25 畏(かしこ)まりました。 好的。遵命。（比24鄭重）

26 そうですね。（語調高而急） 是啊。對了。（表示同意）

27 そうですね。（語調低而緩慢） 唔，這個……。（表示躊躇，考慮）

28 さあ。（高而急） 喂。哎。（表示催促）

29 さあ。（低而緩慢） 唔，這個……。（表示躊躇，考慮）

30 さあ　そうですね。（低而緩慢） 唔，這個啊。（同右）

31 行くの？（語尾揚高） 去嗎？（表示質問）

32 行くの。（語尾低） 要去的。（表示斷定之意）

第三章　各場合的慣用語句和簡易會話

一、招呼的用語

1 会長（かいちょう）（男）（會長，董事長）
会長さん（女）

2 社長（しゃ）（男）（董事長，總經理，行東）
社長さん

3 専務（せんむ）（男）（常務董事）
専務さん（女）

4 部長（ぶ）（男）
部長さん（女）

5 課長（か）（男）（課長，科長）
課長さん（女）

6 係長（かかり）（男）（股長）
係長さん（女）

7 支店長（してん）（男）（分行經理）
支店長さん（女）

8 工場長（こうじょう）（男）（工廠長）
工場長さん（女）

9 駅長（えき）（男）（站長）
駅長さん（女）

10 市長（し）、区長（く）（男）
市長さん、区長さん（女）

11 校長（こう）、院長（いん）（男）
校長先生（せんせい）、院長先生（女）

12 先生　老師，教授，大夫，議員，律師

13 お爺(じい)さん、お婆(ばあ)さん　老先生，老太太

14 ○○さん　○○先生，○○小姐

15 ○○さんの奥(おく)さん（奥様(さま)）　○○太太

16 奥さん（奥様）　太太

17 小父(おじ)さん、小母(おば)さん　伯伯（叔叔），伯母（嬸嬸）（跟父母同年輩的熟人）

18 ○○君(くん)（男）　君，先生（用於晚輩）

19 おい！（男）　喂（同右）

20 ちょっと！　喂（用於生疏不知名字的人）

21 あの！　喂，啊！（同右隨便語氣）

22 もしもし　喂喂（比右兩句鄭重一點）

23 ねえ！（女）　喏，喂（用於很親近的人）

24 お客(きゃく)様！　先生！太太！小姐！（用於顧客）

25 失礼(しつれい)ですが、　對不起！請問。（用於不認識的人）

26 恐(おそ)れ入(い)りますが、　（同右，兩句都鄭重語氣）

會話1　A是普通職員

A 社長　「さん」、この書類を御覧の上、御決裁を
部長　お願い致します。（お願いします）

董事長　請（拜托）您看這文件，然後批示。（裁決）
部　長

社長
部長　今忙しいから、君、ちょっとそれを、此処へ
置いてくれ給え。

現在很忙，所以你把它放在這兒吧。

A　はい。

是。

2　同右

A　課　長「さん」、先日の昇給案を、今日の会
支店長　議にかけますか。

課長　上次的加薪案，要不要在今天的會議上提出討
經理　論呢？

課　長
支店長　そうだね。今日は議事が多いから、この次
にしようか。

唔，這個嗎。今天議題太多，所以下次「來」吧。

A　そうですか。

是嗎？

3　A—學生

A　**校長**
　　院長「先生」、今度の土曜日午後一時から講堂で、全校の英語講演会を開きますが、御出席頂けませんでしょうか。

校長
院長　下星期六從一點開始，要在禮堂開英語演講會，能不能請校長（院長）臨席？

校長
院長　土曜日午後一時からだね。

是從星期六下午一點？

A　そうです。

是的。

校長
院長　じゃ出席しよう。

那麼出席好啦。

A　有り難うございます。お願い致します。

謝謝您。請勞駕。

4　A對一般老師

A　先生、今度の土曜日午後一時から講堂で、全校の英語講演会を開きますが、御出席下さい

（翻譯和「3」相同）

ませんか。

先生　土曜日の午後一時からだね。

A　そうです。

先生　じゃ出席しよう。

A　有り難うございます。お願いします。

5　A和認識的老先生

A　お爺さん、お早う。「ございます」
老爺爺，你早啊。

老翁　おお、A君（さん）かい。お早う。
喔，A君嗎？早啊。

今日はこんなに早くから学校へ？
今天這麼早就要到學校去嗎？

A　ええ、一時間目から講義があるので、早く行かなければいけないんです。お爺さんはお散歩ですか。
唔，從第一堂就有課，（講義）所以非早去不可呀。老爺爺散步嗎？

老翁　ああ、早い方が空気がよいと思って、少しこら辺を歩いているんだが…。
是呀，我想早一點空氣比較好，所以在這附近走一走。

A　それはよい御運動で…。
那是很好的運動。

じゃお爺さん、行って来ます。
那麼，老爺爺我要去啦。

老翁 はあ、行っていらっしゃい。

好的，請請。

6 A譲位子給一位老婆婆

A お婆さん、どうぞお掛け下さい。

老太太，請坐下。

老婆 いいえ、結構です。あなたが折角腰掛けていらっしゃるのに。

不，不用了。你原來好好地坐着嘛！

A いいえ、構いません。もうこの次降ります。

不，沒有關係，下站快要下車了。

老婆 そうですか。それはどうも御親切に、有り難うございます。

是嗎？那太客氣了。（那太好意了）謝謝你。

A どう致しまして。そのお荷物は、棚の上にお上げして置きましょうか。

不客氣啊。（哪裡）那個行李（包袱）替妳放在架子上，好嗎？

老婆 そうでしょうか。じゃお手数ですが、お願いします。

哦！那麼就麻煩你了。

老婆 どうもお世話さんでした。

眞謝謝你的照料。

A いいえ。

不謝了。

7　A和老伯，老伯母

小父 小母　今日は。	你好。（午安）
A　あっ…小父さん、小母さん、今日は。	啊！伯伯，伯母，您好。
小父　お父さんおうちかね。	爸爸在家嗎？
A　生憎出掛けました。	不巧，出去了。
小母　お母さんは？	媽媽呢？
A　母も父と一緒に出掛けました。実は親類のうちに結婚式があるので、お祝いに行きました。	母親跟父親也一起出去了。因爲（實在）親戚家裡有結婚典禮，所以道喜去了。
小父　そうか。それではお帰りが遅いだろうね。	是嗎？那麼會回來晚吧？
A　はい、晩になると申しておりました。	是的。說要到晚上才回來的。
小母　それは生憎でしたね。	那不湊巧啊。
A　小父さん、小母さん、何か御用でしょうか。	伯伯，伯母，有什麼事嗎？
小父　用という程ではないが、久しぶりだから、一寸お話にやって来たんだが…。	沒有什麼事的，因爲久違了，所以要來聊一聊的。
小母　じゃ又その中にお伺い致しましょう。	那麼改天再來「拜訪」吧。

A　でも折角いらしたんですから、一寸お上がり下さいませんか。　可是，是特地來的，請上來（進來）一下，好嗎？

小父　いや、又出直して来よう。　不，改天再來吧。

A　そうでしょうか。わざわざお出で下さいましたのに、大変失礼しました。　是嗎？您特意來的，可眞對不起。

小母　じゃお父さんとお母さんに、宜しくお伝え下さいね。　那麼，請代向你爸爸，媽媽問好啊。

A　はい、承知しました。　好的。（知道了）

どうぞ又いらして下さい。　請再來吧。（註　いらして(た)＝いらっしゃって(た)）

小父 小母　さようなら。　再見。

A　さようなら。　再見。

8　A對生疎人*B*（鄭重語氣）

A　もしもし、そこの方、何か落されましたよ。　喂喂，那位先生（女士，太太，小姐）您什麼東西掉了。

B　ああ、そうですか。それはどうも御親切に、有り難うございました。　啊，是嗎？你太好了，眞謝謝。

A　いいえ、どう致しまして。　**哪兒的話。**

9　A對生疎人B

A　失礼ですが、どちらからお出でになりましたか。(いらっしゃいましたか)　對不起，(請問)你從哪兒來的？

B　日本から来ました。　從日本來的。

A　東京からですか。　是從東京來的嗎？

B　いいえ、大阪からです。　不，從大阪來的。

A　そうですか。台湾はお始めてですか。　是嗎？臺灣是第一次來嗎？

B　はい、始めてです。　是的，第一次。

A　如何ですか。　你覺得怎麼樣？

B　大変良い所と思います。　覺得這地方很好。

A　でも、少しは日本に比べて、暑過ぎませんでしょうか。　不過，是不是比日本熱一點？

B　いいえ、それ程にも感じませんね。　不，沒有感覺怎麼熱哪。

A　そうでしょうか。　是嗎？

二、遇見時候的用語

1 お早う。「ございます」　早安。您早！
2 今日は。　午安。你好！
3 今晩は。　晚安。你好！
4 お元気ですか。　好嗎？
5 お変りありませんか。　好嗎？
6 如何ですか。　好嗎？如何呢？
7 相変らずです。　好啊。老様子（仍舊）啊。
8 元気です。　好啊。
9 相変らず元気です。　一向好啊。
10 お陰「様」で。　托福。托您福。
11 君は？　你呢？
12 あなたは？　你呢？
13 お宅は？　府上呢？
14 お宅の皆さんは？　府上都好嗎？
15 久しぶりですね。　好久了。久違了。

16 暫くですね。(暫くだね)　　久違久違。

17 御無沙汰しております。(います)　　久未問候。

18 こちらこそ。　　彼此彼此。我才是哪。

會話1　AB之間互相是很親近的朋友

A　お早う。　　早啊。

B　暫くだね。(男)
　　暫くね。(女)　　好久沒見哪。

A　ほんとに久しぶりだね。(男)
　　　　　　　　　ね。(女)　　實在好久了。
　　お変りないかい。(男)
　　　　　　　の?(女)　　好嗎?

B　ええ、お陰で元気だよ。(男)
　　　　　　　　　よ。(女)　　啊，托福很好。
　　お宅は?　　府上呢?

A　皆相変らずだ。(男)
　　　　　　よ。(女)　　大家都好啊。
　　お母さん如何?　　你媽媽呢?

B　おふくろ
　　母　　も相変らずでいるよ。(男)
　　　　　　　　　　の。(女)　　母親也好啊。

2　AB之間是比較生疎的朋友（翻譯和「1」相同）

A　お早うございます。

B　お早うございます。暫くですね。

A　本当に久しぶりですね。
　お変りありませんか。

B　はい、お陰「様」で元気です。
　お宅は？

A　皆　相変らずです。お母さんはお元気ですか。

B　母も、相変らず元気です。

3　A和以前的老師

A　先生、お早うございます。　　老師，早安。

　先生お早う。暫くだね。(男)
　暫くですね。(女)　　你早啊。好久沒見啊。

A　はい、久しぶり(男)
　お久しぶりですね。(女)　　是，好久了。

　先生はお変り有りませんか。　　**老師好嗎？**

先生　相変(あいかわ)らずだよ。君(きみ)は？(男) / 相変らずですよ。あなたは？(女) —— 很好啊。你呢？

A　お陰様(かげさま)で元気(げんき)です。先生のおうちの皆(みな)さんも、お元気ですか。 —— 托福、很好。老師府上都好嗎？

先生　ああ、皆元気だよ。仕事(しごと)はもう慣(な)れたかな。(男) / ええ、皆元気です。お仕事はもう慣れましたか。(女) —— 啊，大家都好。工作已經習慣了嗎？

A　はい、少し慣れて来(き)ました。 —— 是。有點習慣了。

先生　その中(うち)に、皆(みんな) / 皆(みな)さん　を誘(さそ)って遊(あそ)びに来給(きたま)え。(男) / 来て下(くだ)さい。(女) —— 改天約大家來玩吧。

A　はい。有(あ)り難(がと)うございます。 —— 好的，謝謝您。

三、分手時候的用語

1　さようなら。(さよなら) —— 再見。

2　又明日(またあした)。 —— 明天見。

3 何れその中に。　改天見吧。

4 又お目に掛かります。　再見吧。

5 皆さんに宜しく。　代向各位問好。

6 じゃ失礼します。　那麼告別啦。

7 失礼しました。　怠慢啊。簡慢啊。

8 お先に。　先走了。

9 どうぞ。　請。

10 どうぞお先に。　請先走吧。

11 どうも有り難うございます。
（有り難うございました）　謝謝您。

12 お気を付けて下さい。　請保重（小心）啊。

13 御機嫌よう。（御機嫌よく）　祝你快樂。（一路平安）

會話1　AB之間是比較親近的朋友

A　じゃ失礼するよ。（男）
　　わ。（女）　那麼，告辭啦。

B　さよなら。又明日ね。　再會。明天見啊。

A　明日待ってるよ。（男）
　　わ。（女）　明天等你（妳）啊。

2　AB之間是比較生疏的朋友

A　じゃ此処で失礼します。
那麼，在這兒告辭啦。

B　どうぞ。又その中に、お目に掛かりましょう。
請。改天再見吧。

A　お電話でも御連絡下さい。
用電話也可以，請連絡一下。

B　はい、分かりました。さよなら。
好的。再見啊。

A　さようなら。
再見。

3　同右

A　どうもわざわざお見送りを、有り難うございました。
眞謝謝你特地來送行。

B　何れ又その中に、お目に掛かります。
改天再見吧。

A　じゃ失礼します。皆さんに宜しく。
那麼，告辭（告別）啦。請向大家問好！

B　はい。お気を付けて下さい。御機嫌よく。
好的。多保重啊。
祝你旅途愉快。

A　さようなら。
再見。

B　さよなら。　　再見。

4　同右

A　じゃお先に失礼します。　　那麼，先告辭啦。

B　どうぞ皆さんに宜しく。　　請代向各位問安。

A　有り難うございます。そのように申し伝えます。　　多謝您。我會照吩咐轉告的。

四、介紹時候的用語

（要先把平、晚輩介紹給長輩）

1　課長、／先生、　私の友達B君／さんを、御紹介します。　　課長，／老師，向您介紹朋友B先生／小姐。

Aさん、　　A先生，

2　こちらがAさん、こちらがBさんです。　　這位是A先生，（小姐）這位是B先生。（小姐）

3　これが息子（弟、娘、妹）の文華です。どうぞ宜しく。　　這是小犬（舍弟，小女，舍妹）文華。請多多指教。

會話1 老師和A，B是A的朋友

A 先生、私の友達B君（さん）を、御紹介します。

老師，向您介紹朋友B君。（先生，小姐）

B 始めてお目に掛かります。先生のお名前を、いつもA君（さん）からよく伺っております。

初次見面，老師的大名經常聽A君（先生，小姐）說起。

先生 そうですか。B君（さん）ですね。始めまして。

是嗎？B君（先生，小姐）嗎？初見啊。

B A君（さん）とは、何処でお知り合いになったんですか。

跟A君（先生，小姐），在什麼地方認識的。

B A君（さん）とは、小学校の時、家が隣でした。

跟A君（先生，小姐）小學時候是鄰居。（隔壁）

先生 それは、随分長い間の友達ですね。

那是很久的朋友啦。

B そうです。もう十年以上になります。

是的。已經十年以上了。

2 課長和A，文華是A的弟弟

A 課長、これが弟の文華です。どうぞ宜しく。

課長，這是舍弟（弟弟）文華，請指敎。

課長　そうですか。弟さんですか。　哦！是令弟嗎？
文華　始めまして、文華と申します。どうぞ宜しく　初見。我叫文華，請多多指教。
　　お願いします。
課長　あなたに　こんなに大きい弟さんがいるとは、　不知道你有位這麽大的弟弟。大學生嗎。
　　知りませんでした。大学生ですか。
A　はい、大学生です。　是大學生。
文華　今大学の四年で、来年卒業します。　現在大學四年級，明年畢業。
課長　何系ですか。　讀哪一系？
文華　機械系です。　機械系。
課長　そうですか。それはいいですね。　哦！那很好啊。

3　A把同學B、C介紹給新認識的鈴木先生（小姐）

A　鈴木さん、こちらがクラスメートのB君（さん）、こちらがC君（さん）です。　鈴木先生（小姐），這位是B同學，這位是C同學。
B　始めまして。　初見啊。
C　始めてお目に掛かります。　頭次見面啊。
　　どうぞ宜しく。　請多多指教。

鈴木　始めまして。こちらこそ宜しく。
　　初次見面啊。我才要請你指教呢！

A　B君（さん）、C君（さん）、鈴木さんは、今度日本から、いらしたばかりです。
　　B同學、C同學，鈴木先生（小姐）這次（剛）從日本來的。

鈴木　まだ来たばかりで、何にもよく分かりませんので…。
　　來了還沒有多久，什麼也不太清楚（懂）所以…。

B　どうぞ御心配なく。
　　請不要擔心。

C　僕（私）達がいるから、何でもおっしゃって下さい。
　　因爲有我們在，無論什麼都（不要客氣）請吩咐吧。

鈴木　皆さんが大変御親切で、本当に助かります。
　　大家對我太好了（懇切），我免得操心了。（得幫助）

五、初會時候的用語

1 始めまして。
　　第一次見面啊。

2 始めまして、どうぞ宜しく。
　　初見啊，請多指教。

3 始めてお目に掛かります。
　　頭次見面。

4 お名前は、かねがね承っております。
　　久仰大名。（註「かねがね」＝老早，以前）

5 お名前は、前からよく伺っております。
　　（同右）

會話1　AB的初會

A　始めまして。
初見啊。

B　始めてお目に掛かります。Bと申します。どうぞ宜しく。
第一次見面。我叫B。請指教。

A　いいえ、こちらこそ。
彼此彼此。

お名前は、前から伺っておりました。
久仰大名。

私はAという者で、台中で小さな店を持って、貿易をしております。
我叫A，在臺中開了一個小店舖做貿易的。

これが私の名刺でどうぞ…。
這是我的名片，請…。

B　そうですか。有り難うございます。
哦！謝謝您。

私も名刺を一枚、差し上げましょう。
我也給您一張名片吧。

六、告別時候的用語

1 さあ、もうお暇しましょう。
那就告辭啦。

2 大変お邪魔しました。
非常打擾了。

3 大分遅く迄お邪魔しました。
打擾你到這麼晚。

4ではさよなら、何れ又。 那麼再會。改天見吧。

5又その中に。 改天再見啊。

6又近い中に。 請最近期間再來吧。

7どうぞ○○さんに宜しく。 請代向○○先生（小姐，…大人，令…）問好。

會話1 *AB*之間比較生疎

A さあ、もうお暇しましょう。 那就告辭啦。

B まだいいじゃありませんか。もう暫く。 可以多坐一會兒嘛。

A いいえ、大変長くお邪魔しましたから、又その中に伺います。 不，已經打擾太久了。改天再來「拜訪」吧。

B では又近い中にどうぞ。 那麼請最近期間再來啊。

A 有り難うございます。どうぞ皆さんに宜しく、さよなら。 謝謝，請代向各位問好。再見。

B じゃそこまで、お見送りしましょう。 那麼，送你到那兒吧。

A いいえ、もうお構いなくその儘で結構です。 不，不要再麻煩，這兒就好啦。

B そうですか。じゃここでさよなら。 是嗎？那麼在這兒說再見啦。

七、傳言的用語

1 お宅の皆さんに宜しく。
府上各位請代問好。

2 お父さんに宜しく。
請代向令尊問好。

3 お母さんにどうぞ宜しく。
請代向令堂問好。

4 ○○さんにも宜しく。
○○先生（小姐，令…，…大人）也請代問好。

5 ○○さんにお会いの節は、どうぞ宜しくお伝え下さい。
遇到○○先生（小姐）請代問好。

6 ○○さんが宜しくとおっしゃいました。
○○先生（小姐）向你請安。

7 父が宜しくと申しました。
父親向你請安。

8 済みませんが、お帰りになりましたら、私から電話が有った事を、お伝え下さいませんか。
對不起，他回來的時候，請轉告他說我來過電話，好嗎？

9 お手数ですが、お帰りになりましたら、一寸お電話下さるよう、お伝え下さいませんか。
麻煩你，要是他回來，請告訴他打個電話給我，好嗎？

會話1　*AB*之間互相客氣的說法

A　もう十時ですか。時間がとても早く経ってし
已經十點了嗎？時間過得眞快啊。

まいましたね。

B　もうお帰りですか。　　要回家了嗎？

A　余り遅くなると、いけないから、お暇します。　　太晚了不好，所以要告辭啦。

B　そうですか。お父さんには、御無沙汰していますが、くれぐれも宜しくお伝え下さい。　　是嗎？好久沒向令尊致候，請代多多問好啊。

A　はい、承知しました。　　唔，好的。

B　又叔父さんにお会いの節にも、どうぞ宜しく。　　如遇到令叔也請代問好。

A　有り難うございます。確かにお伝えします。　　謝謝，我一定會轉告的。

2　A和父親

A　お父さん、只今。　　爸爸，我回來了。

父　ああ、お帰り。何処へ行ってたんだ？　　啊，你回來了。到哪裡去啦？

A　Bさんの所です。　　到B先生（小姐）那裡。

父　そうか。　　哦！

A　お父さん、Bさんが、お父さんに御無沙汰しているが宜しくって。それから、叔父さんにも宜しくとおっしゃったよ。　　爸爸，B先生（小姐）說好久沒向你請安，要我代問好。還要向叔叔請安哪。

父　そうか。*B*さんは、今何をしているのか。
是嗎？*B*先生（小姐）現在做什麼事呢？

A　中学の先生を、していらっしゃるんです。
在當中學的老師。

3　*A*和*B*家（文華的家）的電話傳言

A　もしもし、*B*さんのお宅ですか。
喂喂，*B*公舘嗎？

*B*宅そうです。
是的。

A　私は*A*ですが、文華さんはいらっしゃいますか。
我是*A*，文華同學在家嗎？

B　今丁度留守ですが、何か御用でしょうか。
現在湊巧不在啊。有什麼事嗎？

A　あの—同窓会の事で、御相談したいのです。それでは、済みませんが、お帰りになりましたら、私から電話が有った事を、お伝え下さいませんか。
啊，因爲同學會的事，想要跟他商量。那麼就麻煩你，假如他回來的話，轉告他一聲，說我有過電話，好嗎？

B　はい。「畏まりました」*A*さんでいらっしゃいますね。
好的。是*A*先生（小姐）嗎？

A　そうです。お願いします。
是的，拜托你啊。

八、應答的用語

(一) 肯　定

1そうです。　是的。

2その通りです。　就是那樣。(如此)

3全くその通りです。　完全如此。

4本当にその通りです。　實在如此。

5結構です。　可以的。好極了。

6それでいいんです。　那就成了呀。(行啊)

7それで宜しいんです。　(比右句鄭重)

8私もそう思います。　我也這麼(那樣)想。

9それで構いません。　那也可以的。(沒關係)

10私も同じ意見です。　我的意見也相同。

11はい(ええ)分かりました。　好的，知道了。(明白了)

12承知しました。　(比右句鄭重)

會話1　*AB*是同事

A　これは、あなたの入学試験改善に関する意見書ですか。
這是你關於入學考試改善的意見書嗎？

B　はい、そうです。
噢，是的。

A　拝見してもよいですか。
讓我看看可以嗎？

B　結構です。どうぞ。
好的。請。

A　大変りっぱな御意見で、本当にその通りです。私も、前からそう思っていました。
「這是」非常好的意見，眞的如此。（那樣子）
我也一直這樣想的。

B　この意見書は、今度の委員会に出す迄、暫くお預かり下さいませんか。
這意見書在下次委員會提出之前請暫時保存一下，好不好？

A　ええ、いいですとも。
唔，當然好（可以）呀。

B　それではお願いします。
那麼就拜托啦。（麻煩你）

2　*AB*是同學

A　これはあなたの本ですか。
這是你的書嗎？

B　ええ、そうです。
唔，是的。

A　見ても構いませんか。　可以看看嗎？
B　ええ、構いません。どうぞ。　唔，沒關係。請。
A　スリラーのようですね。　像是恐怖小說啊。
B　そうです。　是的。
A　面白そうだから、一寸明日迄、貸してくれませんか。いいでしょうか。　很有趣的樣子，所以請借給我到明天。好嗎？
B　ええ、いいんですとも。　唔，當然好呀。
A　ありがとう。　謝謝。

(二)　否　定

1　いいえ、違います。　不，不是。（不對，錯了）
2　いいえ、そうじゃありません。　不，不是。
3　少し変ですね。　有一點奇怪啊。
4　少しおかしいと思います。　我認爲有一點奇怪。
5　一寸信じられませんね。　有些不能相信呢！
6　一寸賛成出来ません。　有些不能贊同。
7　全く反対だと思います。　我認爲完全相反的。

8 そんな筈が有りません。　沒有那樣的道理。

9 少し誤解なさっているようです。　好像有一點誤會的樣子。

10 ええ、構いません。　啊，沒關係。（不要緊）

11 何でも有りません。　沒什麼。

12 よく分かりませんが…。　不大清楚哪。

13 それは知りません。　那不知道。

14 それは存じません。　（比右句鄭重）

（二）　會話1　*AB*是同事，*C*是話中人物

A　これは、あなたの書いた意見書ですか。　這是你寫的意見書嗎？

B　いいえ、違います。　不是的。

A　*C*さんが、これはあなたが書いたのだと、言いましたが、少し変ですね。　*C*先生（小姐）說，這是你寫的哪，有一點奇怪。

B　ええ、おかしいと思います。*C*さんは、一寸誤解なさっているようですね。　是，我也覺得奇怪。*C*先生（小姐）有些誤會的樣子啊。

2　*A*、*B*、*C*、*D*、*E*是同學或同事，*K*是話中人物

A　*K*さんが、私の悪口を言っているそうですが……。　聽說*K*先生（小姐）在說我的壞話哪。

B　そんな筈が有りませんよ。　沒有那樣的道理嘛。

C　一寸信じられませんね。　有些不能相信。

D　いえ、違います。*K*さんは、何も言っていませんでした。　不，不是的。*K*先生（小姐）沒說什麼。

A　そうでしょうか。　是嗎？

E　*K*さんは、決して人の悪口を、言わない人だから、その噂は、少しおかしいと思います。　*K*先生（小姐）絕對不會說人家的壞話，所以那風聲（消息）我認為有些奇怪。

A　じゃ、私の聞き違いでしょうか。そんなら構いません。　那麼，是我聽錯了嗎？那麼就沒有關係。（不要緊）

(三)　表示不正確、疑念的用語

1 多分そうでしょう。　大概是吧。（如此吧）

2 そうでしょうね。　是吧。

3 そうかも知れません。　大概是吧。說不定那樣子。

4 まさかね。　決不會有那種事。

5どうだかね。　「是怎麼様」不大清楚呀。

6どうかしらね。　（同右）

會話1　A、B和話中人物C互相是同事

A　向こうに見えるのは、Cさんでしょう。　在那邊可看到的是C先生（小姐）吧。

B　多分そうでしょう。　大概是吧。

A　Cさんは、此処へ来るのでしょうか。　C先生（小姐）是不是會來這裡？

B　そうでしょうね。　可能會吧。

A　私達が此処にいるのを、Cさんは知らないかも知れませんね。　我們在這兒，C先生（小姐）也許不知道哪。

B　さあ、どうでしょうか。　唔，這…，是怎樣呢？

A　それとも知っていて、知らない振りをしているのでしょうか。　還是，明知道而在裝佯呢？

B　まさかね…。　不會吧。

（四）表示驚訝時候的用語

1まあ！　**啊！（唉！呀！）**

2 おやおや。　　哎呀！
3 これは驚いたね。　　哎呀，這沒想到的。
4 これは驚きましたね。　　（同右　敬體）
5 これは、これは。　　哎呀！這是多麼意外。

註　這些驚訝感情大多表示於親近者之間。

會話1　*AB*之間互相是很親近的男性

A　おや！誰か来たようだ。（自語）　　咦！像是有誰來。
　おお、*B*君！君だったの？　　喔！*B*君，原來是你。
B　僕さ。どうしたんだい？　　我呀。怎麼啦。
A　これは驚いたね。　　這眞沒想到啊。
B　何が…。　　什麼？
A　だって、君が日本へ帰ったって聞いたんだ。　　因爲我聽說你已經回日本去了嘛！
B　うん、帰って、又急用が出来て、やって来たんだよ。　　嗯，回去了。因有急事所以又來哪。
A　これは、これは、御苦労だな。　　噯呀，你太辛苦啦。

2　AB之間互相是很親近的女性

A　まあ、Bさん！お珍しいこと。何時アメリカから、お帰りになったの？
哎呀，B小姐！好久了。什麼時候從美國回來？

B　二週間程前に。
兩星期前。

A　おやおや、そんな前に、ちっとも知らなかった。これは驚いたわ。
哎呀，那麼以前，我一點兒都不知道。這眞沒想到哇。

B　急に思い立って、帰って来たので、家の人達も、びっくりしていたわ。
臨時想到回來的，所以家裡的人也大吃了一驚呢！

A　それはそうよ。
那當然嘛。

(五)「はい」「いいえ」的用法

「はい＝ええ＝うん」用於承認。

「いいえ＝いえ＝いや」用於否認。

1 A　あなたは、日本語が **分かりますか。**
你懂日語嗎？

話せますか。
你會說日語嗎？

出来(でき)ますか。　你會日語嗎？

お出来になりますか。　(同右　最敬體)

B　はい、分かります。　是，懂。

はい、話せます。　會說。

はい、出来ます。　會。

いいえ、分かりません。　不，不懂。

いいえ、話せません。　不會說。

いいえ、出来ません。　不會。

2

A　あなたは、日本語が分かりませんか。　你不懂日語嗎？

話せませんか。　你不會說日語嗎？

出来ませんか。　你不會日語嗎？

お出来になりませんか。　(同右　最敬體)

B　はい、分かりません。　是，不懂。

はい、話せません。　不會說。

はい、出来ません。　不會。

いいえ、分かります。　不，懂。

いいえ、話せます。　會說。

いいえ、出来ます。　會。

会話1

A　あなたは、お祖父さんが、いらっしゃるでしょう?　你有祖父吧?(你祖父健在吧?)

B　はい、おります。　是，有。(是，健在)

(いいえ、おりません)　(不，沒有。不健在)

A　お祖母さんは、いらっしゃらないでしょう?　沒祖母吧?

B　はい、おりません。　是，沒有。

(いいえ、おります)　(不，有)

A　御兄弟(姉妹)は、三人ですか。　兄弟，姊妹是三位嗎?

B　はい、三人です。　是，三個。

(いいえ、三人では有りません。四人です)　(不，不是三個，是四個)

A　男ばかりの御きょうだいでしょう?　都是兄弟吧。

B　はい、そうです。　是，正是。

(いいえ、そうでは有りません。妹が一人お　(不，不是。有一個妹妹)

ります」

九、道謝的用語

1 有り難う。　謝謝。

2 どうも有り難う。　眞謝謝你。

3 有り難うございます。　謝謝您。

4 どうも有り難うございます。　眞謝謝您。

5 どうも済みません。　眞過意不去。眞對不起。

6 どうも御親切様。　謝謝您的好意。

7 お礼の言葉もございません。　找不到適當的話來表示對你的感謝。

會話1　*AB*之間互相是親近的男性

A　*B*君、君の電話だよ。　*B*君，是你的電話呀。

B　有り難う。　謝謝。

2　*AB*之間互相是親近的朋友

A　*B*さん、これは、あなたが落したのではない　*B*先生（小姐，同學），這是不是你掉的東西？

「の」？

B　ええ、そうだよ。（男）　　唔，是的。
　　ええ、そうよ。（女）
　　どうも有り難う。　　眞謝謝你。

3　*AB*之間互相稍微客氣的說法

A　*B*さん、お宅の手紙が、間違ってうちの郵便箱に、入っていましたから、お届けします。
　　*B*先生（太太，小姐）你家的信，送到我家的信箱來了。所以拿來給你。（註　間違う＝弄錯）

B　そうですか。それはどうも御親切様。
　　是嗎？眞謝謝您的好意啊。

4　同右

A　大変お手数を掛けまして、（手数をお掛けしまして）どうも済みません。
　　給您很大的麻煩，眞過意不去。（眞對不起）

B　いいえ、どう致しまして。
　　哪兒的話。（不要客氣）

5　*AB*之間鄭重的說法

A　本日は、わざわざお招き下さいまして、誠に有り難うございます。
　　今天您特意邀請我，實在很感謝。

B いいえ、お礼「を」おっしゃる程の事もございません。大変よくお出で下さいました。

呀，不值得道謝的事。非常歡迎您的光臨。

6 同右

A 此の度は子供が、あれこれと、大変お世話になりまして、本当にお礼の言葉もございません。

這次小犬（小女）承您種々關照，實在沒法向您道謝。

B いいえ、どう致しまして。大したお手伝いも致しておりませんで…。

不，哪兒的話。也沒幫什麼大忙哪。

十、送禮和禮物道謝的用語

(一) 送禮的用語

1 これは大変お粗末ですが、どうぞお納め下さい。

「這是粗東西」不成敬意，請笑納。

2 これは、郷里からの物で、少しばかり御覧に入れます。どうぞお受け取り下さい。

這是從家鄉寄來的東西，少許送您。請您接受。

3 これは、ほんの志ばかりの物で、どうぞお納め下さいますように。

這是一點意思，請您收下。

4 これは頂（戴）き物で、大変失礼ですが、少しばかりお裾分け致します。

這是別人送的東西，雖然很冒失，分送你一些。

5 これは、私のほんの気持だけのプレゼント、どうぞお受け取り下さい。

這「禮物」是聊表我的心意，請收下吧。

（二）禮物道謝的用語

1 お結構な「お」品を頂きまして、恐縮です。（でございます）

眞不敢當，接受您的好東西。

2 大変お珍しい物を下さいまして、有り難うございました。

給我非常珍貴的東西，眞謝謝您。

3 何時も何時も、お心にお掛け下さいまして、本当に相済みません。有り難うございました。

經常承您關懷，眞是過意不去。多謝啊。

4 大変御心配を頂きまして、どうも有り難うございました。

承您特別關懷送我東西感謝啊。

5 大変いい物を下さって、有り難う。

給我那麼好的東西，謝謝。

6 何時も頂いてばかりいて、本当に済みません。　老是接受你的東西，實在不好意思。

註　5，6兩句比前四句語氣較隨便一點。

會話 1　*AB*之間互相是很親近的朋友

A　これは、わたしのほんの気持(きもち)だけのプレゼント、どうぞお受(う)け取(と)り下(くだ)さい。　這是我的一點意思，請收下。

B　これをわたしに？　這是給我的嗎？

うわあ、嬉(うれ)しい。　哇！高興極了。

開(あ)けてもよいでしょうか。　可以打開看嗎？

A　ええ、どうぞ。　唔，可以呀，請。

B　これはすばらしい！(男)　哎呀，多麼漂亮！

あら！すてきね。(女)

A　お気に入りました「か」？　你喜歡（喜愛）嗎？

B　ええ！有(あ)り難(がと)う。　是的，謝謝啊。

2　*AB*之間較鄭重的說法

A　*B*さん、大変いい物を、下さって有り難う、　*B*先生（小姐，同學）給我那麼好的東西，謝謝。

とても気に入りました。　我很喜歡它。

B　これはどうかと、思ったんですが、お気に入りましたか。それはよかったですね。　我在擔心你會不會喜歡這個。你滿意嗎？那好極了。

3　同右

A　これは、田舎から送って来た蜜柑ですが、どうぞ…。　這是從鄉下送來的橘子，請收下吧。

B　それはどうも有り難う。何時も頂いてばかりいて、済みません。　那眞謝謝你。老是拿你的東西，不好意思啊。

4　AB之間客氣的說法

A　これは東京の家から、送って来た物で、少しばかりですが、お使い下さいませんか。　這是從東京的家裡送來的東西，一點點請你用吧。

B　何時も頂いてばかりいて、済みません。　常接受你的東西，對不起。

A　いえ、大した物でもないのにお礼をおっしゃられると、こちらが困ります。　哪兒的話，不是什麼好東西，讓給你一道謝、反而不安呢。

B　そうでしょうか。それでは、お言葉に甘えて　是嗎？那麼就承你的好意啦。謝謝你。

…。どうも有り難うございました。

註　「4」比「1」「2」「3」語氣鄭重些。

5　*A*、*B*是女性

A　これは頂き物で、大変失礼ですが、少しばかりお裾分けします。

這是人家送的東西，眞對不起，分送妳一些。

B　まあ、これはお珍しいもの、生の松茸、日本からですね。こんなに沢山頂いてよいのでしょうか。お宅でもお使いになるのに…。

哎呀，多麼少見（罕有）的東西，生松蕈，是日本來的？拿這麼多可以嗎？妳自己也要用嘛！

A　うちは小人数ですし、又秋の香りを、皆さんにも味わって頂きたくて…。

我家人口少，也想請大家嚐嚐秋天的香味呢！

B　それはどうも済みません。有り難うございます。本当にお珍しい物を頂きました。

那眞不好意思啊。多謝妳。眞是得到了珍貴的東西！

6　*AB*之間較鄭重的説法

A　郷里のお茶を、少々持って参りましたから、どうぞお納め下さい。（男）
下さいませ。（女）

帶些家鄉的茶葉來，所以請您收下。

B　これはこれは、御心配を頂きまして、相済みません。大変有り難うございました。　哎呀，承您關懷送東西，眞不好意思。多謝您啊。

A　いいえ、どう致しまして。　不，不要客氣。

7　同右

A　此の度は、大変お結構なお品を頂きまして、恐縮でございます。　這次蒙受您非常好的東西，眞不敢當。

B　いいえ、あんまり大した物ではございませんが、ほんの手土産で…。　哪兒的話，不是什麼特別好東西，只是隨手帶來的。

A　誠に有り難うございました。　眞謝謝您了。

8　同右

A　これは、ほんの志ばかりの物で、どうぞお納め下さいますように。　這是小小的心意，希望您收下。

B　それはいけません。こうして頂くと、心苦しくなります。どうぞ御心配なく。　那不行啊。你這麼做就覺得不好意思。千萬請你不必了。

A　特にどうしたわけでなく、有り合せの物です　不是特別準備的，是家裡現有的東西，所以不要在から、どうぞお気に掛けませんように、お納め下さい。(男)／お納め下さいませ。(女)　意，收下來吧。

B　いいえ、それは困ります。どうぞお持ち帰り下さいませんか。若しそうでなければ、又後で使いの者に、お届けさせますから。　不，那不好啊。(不可以啊)請帶回去吧。要是不帶回去，稍後要派人再送回去呢！

A　どうぞそうおっしゃらずに、折角持って出ましたから、今度だけお受け下さい。(男)／お受け下さいませ。(女)お願いします。(致します)　請不要這麼說，因為我特地帶出來的，所以只這次請您收下來吧。拜托啊。

B　そうでしょうか。それはどうもお気の毒で…。では、大変有り難うございました。　是嗎？那眞過意不去哪。那麼，非常謝謝你。

十一、道歉和其應答的用語

(一) 道歉語

1 済みません。　過意不去。對不起。

2 済みませんでした。　(同右　過去式)

3 どうも済みません。　實在過意不去。眞對不起。

4 どうも相済みません。　(同右　較鄭重些)

5 失礼しました。　對不起。請原諒。

6 済みませんが、一寸失礼します。　對不起，先告辭了。打擾一下。

7 お待ち遠様。「でした」　讓你久等了。

8 御免なさい。　原諒吧。對不起。有人在嗎？

9 御免下さい。　(同右　較鄭重些)

10 とんだことをして、どうも相済みません。　做出了錯事（意外事）很對不起。

11 大変御迷惑を掛けて、本当に済みません。　給你添麻煩（爲難）實在對不住。

12 「こんなに」遅くなって、申し訳有りません。　到了這麼晚，很對不起。

13 すっかり遅くなって、御免なさい。　(同右　比右句較隨便的語氣)

14 つい忘れてしまって、御免なさい。　無意中忘了，請原諒吧。

15 失礼しました。何とも有りませんでしたか。　對不起。沒什麼呢？（沒關係嗎？）

16 誠に不注意でした。　實在，是我的不小心。（疏忽）

(二) 其應答語

1 どう致しまして。　哪裡哪裡。沒關係！

2 いいえ、何でも有りませんでした。　　不，沒什麼了。

3 いいえ、大した事は有りません。　　不，沒什麼。

4 いいえ、どうぞ御心配なく。　　不，請不要在意。

5 いいえ、お詫びには及びません。　　不，不必道歉。

6 こちらこそ。　　我才是哪！

會話1　AB之間是很親近的同學

A　すっかり遅れちゃって、御免ね。長く待った？　　實在遲到了。對不起。等了很久吧？

B　いや、僕も今先来たところ。(男)　　不，我也剛來到的。
　　いいえ、わたしも今先来たところ。(女)

A　そう？そんならよかった！　　是嗎？那麼就放心（好）啦。

2　AB之間互相是很熟的朋友

A　すっかり遅れてしまって、御免なさいね。長くお待ちになった？　　（翻譯和「1」相同）

B　いえ、僕も今先来たところだよ。(男)
　　わたしも今先来たところなのよ。(女)

A　そうなの？そんならよかった！(男)
　　わ。(女)

註　「1、2」都是常体、不過「2」比「1」語気鄭重些。

3

A　少し用事が有るので、一寸失礼します。　因爲有一點事情，所以先告辭了。

B　どうぞ、どうぞ。　請，請。

4　A，B是A的課長

A　課長、私の不注意で、大変申し訳ない事になりました。　課長，是我的疎忽所致，因而導致了很對不起的事了。

B　いや、そう気にしないでもよい。以後よく気を付けるように。　呀，不必那麼在意。以後好好地注意就是。

A　はい、分かりました。有り難うございます。　是，明白了。謝謝您。

5　業者間

A　私の手違いから、とんだ御迷惑をお掛けして、相済みません。　由於我的弄錯，給你很意外（很大）的麻煩，眞對不起。

B　本当に困った事になりましたね。何とかなりませんか。　實在可難辦（可糟）了。有什麼辦法沒有？

A　一生懸命お気持に副うよう、取り計らいますから、どうぞ御勘弁下さい。　專心一意按照你的意思處理，所以請原諒吧。

B　じゃ、今度は間違いのないように、頼みますよ。　那麼這次不要再錯了，委托你啊。

A　はい、畏まりました。　是，好的。（知道了，遵命）

6　和生疎人

A　ついうっかりして、お足を踏みましたが、何とも有りませんでしたか。　無意中（不小心）踩了你的脚，沒什麼嗎？

B　いいえ、大した事は有りません。どうぞ御心配なく。　不，沒什麼，請不要在意。

A　そうでしょうか。本当に失礼しました。　是嗎？眞對不起。

7　*AB*之間雖然是熟的，用鄭重語氣

A　どうもお待ち遠様でした。（お待たせしまし　讓你久等了。

た)

B　いいえ、どう致しまして。もっと御ゆっくりなされば、よかったのに。　哪裡哪裡。「不必那麼急」慢些也沒關係呢!

A　でも余りお待たせしたら、悪いと思って…。　可是覺得讓你久等就不好呀。

B　構わないのに。　沒關係嘛。

8　同右

A　急用が出来て、とうとう行かれなくなりました。どうぞ御免下さい。　有急事終於不能去了。請原諒吧。

B　いいえ、どうぞ御心配なく。　哪兒的話，請不必在意。

9　同右

A　色色勝手な事をお願いして、どうも相済みません。　很抱歉，麻煩(拜托)你許多不客氣(過份)的事。

B　どう致しまして、お易い御用で…。　哪兒的話，這是簡單(容易)的事情呀。(註　勝手だ=自私，任意，隨便)

10　同右

A　日頃御無沙汰ばかりして、済みません。　一向都沒問候，眞對不起。

B　いいえ、どう致しまして、こちらこそ。　哪裡哪裡。我才是哪。

11　同右

A　子供がお子さんに、お怪我をさせたそうで、何とも、お詫びの仕様もございません。　聽說我的孩子把您的孩子弄傷（負傷）了，眞不知該怎樣道歉才好兒！

B　いいえ、大した事ではないので、どうぞ御心配なく、又お詫びの程もございません。　哪兒的話，沒什麼（不大厲害）的，所以請不要操心，也不必（不值）道歉了。

十二、道喜的用語

1 おめでとうございます。　恭喜您。

2 心からお喜び申し上げます。　衷心道喜。（道賀）

會話1　祝新年

A　新年おめでとうございます。　恭喜新年。

B　明けまして、おめでとうございます。
新年恭喜呀。

A　昨年は、色色お世話になりました。今年も又相変らず…。
去年承你種種關照，今年也照様地請你指導啊。

B　いいえ、こちらこそ大変お世話になりました。本年も、どうぞ宜しくお願いします。
不，我才承你許多照應呢。今年也拜托你多多指教。

2　各場合的祝賀

A　坊ちゃん（お嬢さん）のお誕生で、　這次少爺（小姐）誕生，
従栄転なさいまして、　這次榮陞，
御栄転なさるそうで、　聽說這次榮陞，
御栄進なさいまして、　這次榮陞，
この度御結婚なさいまして、　這次結婚，
御結婚なさるそうで、　聽說這次要結婚，
試験に合格なさって、　這次考試及格了，
試験に通られて、　這次考試通過了，
御就職が決まって、　這次就業決定了，
おめでとうございます。　恭喜，恭喜。

（心からお喜び申し上げます）　（衷心祝賀啊）

B　御丁寧にお祝い下さいまして、有り難うございます。　謝謝您特地爲我祝賀。

（わざわざお喜び下さいまして、恐れ入ります。有り難うございます）　眞不敢當您特地爲我道喜。多謝您。

十三、弔唁的用語

1 此の度は、とんだ事になりました。　這次眞是萬想不到的災禍了。

2 御愁傷様でございます。　您多麼悲傷！

3 心からお悔み申し上げます。　衷心向您弔唁。

4 何ともお悔みの言葉も、ございません。　實在不知該說什麼向您唁慰才好！

會話1　AB之間非常鄭重的說法

A　此の度
お祖父様　這次令祖父
お祖母様　這次令祖母
お父様（お父上様）　這次令尊
お母様（お母上様）が、　這次令堂

御主人様／奥様　お亡くなりになりまして、（お亡くなりになりましたそうで）、何ともお悔みの言葉も、ございません。

這次尊夫君／這次尊夫人　仙逝，（聽說仙逝），實在不知該說什麼向您唁慰才好呢！

B　わざわざ御丁寧に、お悔み下さいまして、有り難うございます。

眞謝謝您，爲我特地懇切的弔慰。

2　同右

A　どうも此の度は、とんだ事になりまして、御愁傷様でございます。

這次實在想不到的不幸，您多麼悲傷。

B　わざわざお出で下さいまして、有り難うございます。

眞謝謝你的特地勞駕。

3　同右

A　此の度、お子様が突然な事で、本当にびっくり致しました。皆様どんなにか、お悲しみでいら

這次少爺（小姐）意外棄世，眞是想不到的。府上各位多麼悲傷。衷心向您唁慰。

っしゃいましょう。心からお悔み申し上げます。

B 日頃本人が色色お世話になりまして、有り難うございました。　他本人生前承您許多照應，眞謝謝。

今日はわざわざ御丁寧に恐れ入りました。　今天勞您來懇切地問唁，實在不敢當。

十四、依賴的用語

1 済みませんが、……下さい。　對不起，請給我…。
　　　　　　　　　　下さいませんか。　(同右　鄭重些)

2 お手数ですが、……下さい。　麻煩你，請給我…。
　　　　　　　　　　下さいませんか。

3 恐れ入りますが、……下さい。　勞駕，(眞對不起) 請給我…。
　　　　　　　　　　下さいませんか。

會話1　*AB*之間互相是很隨便的男同學

A おい君、済まんが、あの新聞取ってくれ。　喂！麻煩你，把那張報紙拿給我吧。

B どれだい。朝日かい。　哪張？朝日嗎？

A うん朝日だ。有りがと。　嗯，朝日。謝謝。

2　AB之間互相是很隨便的女同學

A　あの、済(す)まないけど、その雑誌(ざっし)、取(と)って下(くだ)さらない？　啊，對不起，把那本雜誌拿給我，好嗎？

B　どれ？朝日週刊(あさひしゅうかん)？　哪本？朝日週刊？

A　そうよ。有(あ)りがと。　是的，謝謝。

3　AB之間互相比較客氣一點

A　済(す)みませんが、あの新聞(しんぶん)を、取(と)って下(くだ)さいませんか。　(翻譯和「1」相同)

B　どれですか。朝日(あさひ)新聞ですか。

A　そうです。どうも有(あ)り難(がと)う。

4　同右

A　済(す)みませんが、此処(ここ)にお名前(なまえ)を、お書(か)き下(くだ)さい。　麻煩你，請在這兒寫你的名字。

B　此処へですか。　寫在這兒嗎？

A　そうです。　　是的。

B　これでよいでしょうか。　　這樣可以嗎？

A　はい、それで結構です。有り難うございました。　　是的，這樣子就行了。謝謝你。

5　鄭重語氣

A　お手数ですが、　　麻煩你，請

1この手紙を、*B*さんに渡して　　把這封信給*B*先生（小姐），

2この荷物を、部屋まで運んで　　把這件行李搬到屋子裡，

3タクシーを一台、呼んで　　叫一部計程車，

4この手紙を、ポストに入れて　　把這封信投入信筒裡，

下さいませんか。　　好嗎？

B　はい、畏まりました。（承知しました）　　好的。（遵辦）

6　同右

A　恐れ入りますが、　　勞駕，請告訴我，

1帝国ホテルを、　　帝國飯店，

2お手洗い（トイレット）を、　洗手間，
3東京駅の方向を、　東京驛的方向，
4宮城前へ行く道を、　去宮城前面的路，
5子供服の売り場を、　賣兒童服裝的地方，
6エレベーターの場所を、　電梯的地方，
7此処の出口（入口）を、　這裡的出口（進口），
8地下鉄の乗り場を、　地下鐵道的站，
9銀座へ行くバスの乗り場を、　去銀座的巴士站，
10三越のデパートを、　三越百貨店，
教えて下さいませんか。　好嗎？

B

1右（左、向こう）の方　是右邊。（左邊，對面那邊）
2こちら（そちら、あちら）　是這邊。（那邊）
3真直行った所　です。　是一直過去的地方。
4もう少し先　是再過去一點前方。
5右（左）へ曲った所　是轉右（轉左）邊去的地方。

A

有り難うございました。　謝謝你。

十五、關於天氣、氣候的用語

1
暖(あたた)かく
涼(すず)しく
暑(あつ)く　なりましたね。
寒(さむ)く

暖
涼　轉了啊。
熱
冷

2 大変
暖かい
涼しい
暑い
蒸(む)し暑い　んですね。
寒い
冷(つめ)たい

非常
(很，好)
暖和
涼爽
熱
悶熱　啊！
寒冷
冷

3 いい時候(じこう)ですね。
好季節了。

4 よく降(ふ)りますね。
雨下個不停啊。

5 ちっとも降りませんね。
雨一點兒都不下呀。

6 降りそうですね。
像是會下雨呢！

7 降りそうにも有(あ)りませんね。
也不像會下雨呢！

8 曇っていますね。　　天陰着哪。

9 降って来ましたよ。　　下起雨來了。

10 風がちっとも有りませんね。　　風一點兒都沒有呢！

11 風が強いですね。　　風很强呀。

　　涼しい　　風涼快呀。

　　暖かい　　風暖和啊。

12 風が暑い　ですね。　　風好熱呀。

　　寒い　　風寒冷呀。

　　冷たい　　風冷啊。

13 少し冷えますね。　　有一點冷呢！

14 冷えて来ましたね。　　冷起來了。

15 台風になるらしいですね。　　像是會有颱風的様子呢。

16 暴風雨警報が、出ていますよ。　　已經有颱風警報出來嘛。

17 変な天気ですね。　　奇怪的天氣呀。

　　晴れ　　晴。

　　雨　　雨。

18 天気予報では、曇り　だそうです。　　聽天氣預報說是陰。

台風　　颱風。

晴れ後曇り　　晴後陰。

19 もう春ですね。　　已經春天了。

20 夏が来ましたね。　　夏天來到了。

21 秋になりましたね。　　秋天了。

22 冬が過ぎましたね。　　冬天過去了。

會話 1

A 暖かくなりましたね。　　暖和起來了。

B 本当にいい時候です。　　實在是個好時候。

A 何処か、郊外へ行きたい気がしますね。　　覺得想要（希望）到郊外什麼地方去呢！

B ええ、うちにいるのが、少し惜しいと思いますね。　　是的。「悶」在家裡感覺有一點可惜呀。

2

A 今日は朝から、曇っていますね。　　從今天早上來一直陰着哪。

B　ええ、何だか降りそうですね。　是，好像會下雨的樣子啊。
A　降っても出掛けますか。　下雨也要去嗎？
B　折角約束したんだから、少し降っても行きましょう。　已特地約好了，所以只要下小雨都要去。
A　そうでしょうか。　是嗎？

3

A　今日はちっとも風が、有りませんね。　今天一點風都沒有啊。
B　ええ、だから蒸し蒸しして暑苦しいですね。　是啊，所以透不過氣來，悶熱得很。
A　汗ばっかり拭いて、一向に仕事が、捗りませんね。　只是在擦汗水，工作一點也不能進行哪。
B　私もそうですよ。　我也是啊。

4

A　風が強いですね。　風很强呀。
B　天気予報では、台風が有るそうですよ。　依據天氣預報有颱風呢！
A　そうですか。酷いのが、来なければよいが。　是嗎？希望不要來得太厲害。

B　台風が来ると、何時も被害が、相当出るから、本当に嫌ですね。

颱風一來就常有相當大的破壞，所以眞討厭。

A　台湾も日本も夏は、台風の通り路になっているから、一夏に幾つも来ますね。

臺灣和日本都在颱風經過的途徑上，所以一整個夏天難免有幾次颱風哪。

B　大自然の威力に対しては、人間はまだ無力だと、何時も台風の時に、思いますよ。

每當颱風來臨時就想到大自然的威力，人類還是無法抗拒的。

5

A　この頃、ちっとも降らないから、暑いですね。

最近完全沒下雨，所以好熱呀。

B　そうですよ。暑い上に何処でも、水不足で、困っていますね。

是啊。炎熱加上到處缺乏水而爲難呢！

A　夏に、水が十分使えないのは、辛いですね。

夏天不能充分用水，這是一件痛苦的事啊。

B　昔はこんな時に、雨乞いをしたけれど。今は人造雨ですが、併し、人造雨は、高く付くでしょうよ。

古時，碰到這種情形就要祈雨啦。現在可用人造雨，可是人造雨成本很貴吧。

A　ええ、まだなかなか一般的に、やれないようですね。

是啊。好像還不能那麼普遍的應用呀。

6

A お昼から曇って、冷えて来ましたね。

中午後，（下午）天陰而寒冷起來了。

B 私は、こんな少し肌寒いのが、好きですが。

我喜歡這樣稍有些微寒冷的感覺。

A そうですか。私は、暖かい方がいいと、思いますね。私は少し寒がり屋でね…。

是嗎？我較喜歡溫暖。我眞怕冷啊。

B あなたは痩せているから、寒く思うのかも知れませんよ。

也許你瘦，所以才覺得寒冷吧。

A そうでしょうか。日本のような、北の国の方へ行ったら、どんなに寒いだろうかと、何時も思うんですが。

是嗎？我常想，要是到如日本那樣北方國家（地方）去，會感覺到多麼寒冷呀。

B そんな心配は、無用ですよ。今は何処でも、暖房装置が有るからね。

那樣的擔心沒用的呢。現在到處都有暖氣設備嘛。

A そうですね。

噢，對了。

7

A 台湾の四季はどんなでしょうか。

臺灣的四季是怎樣的？

B　日本と比べて、四季が非常にはっきりと、分かれていないように思いますね。

跟日本比一比我認爲沒有日本那様四季分明。

A　そうですか。

是嗎？

B　一体に夏の間が、長いですね。

就整個來說，夏季較長啊。

A　何時から暑くなりますか。

從什麼時候開始熱呢？

B　五月の始め頃から、もう汗ばみますね。

從五月初就已會出汗哪。

A　そんなに早くから？

從那麼早？

B　そうですよ。それが十月一杯、十一月始めまで、続くようです。尤もその頃は、朝夕は少し、秋らしくなっているけれど。

是啊。那好像是繼續到十月底或十一月初。不過這個時候，朝夕有一點秋意就是啦。

A　じゃ夏は、半年余り有りますね。

那麼夏天有半年之久？

B　ええ、それ位有りますよ。

是的。差不多有那麼久。

A　春は、どの位有りますか。

春天有多久呢？

B　旧正月を過ぎると、春らしくなって、日本では、次次に咲く春の花が、此処では、一時に咲き揃って、一個月余りで、終わってしまいますよ。

過了農曆正月就有春的氣息，在日本陸續開放的春天的花，在這兒一時怒放，而在一個多月以內就開完了。

A　それは、大変慌しいですね。
那眞是太匆促了。

B　梅も、桃も桜も、躑躅も椿も前後なく咲き揃えば、奇麗ですが、呆気なく終わるので、つまりません。
梅花、桃花、櫻花、杜鵑花、茶花一齊怒放眞是美觀極了，可惜那麼匆促就凋謝，所以感到有些兒沒意思。

A　それから秋は？
然後秋天呢？

B　秋も、何時の間にか来て、何時の間にか過ぎてしまいますね。
秋天也不知不覺間來，不知不覺間溜過去了。

秋を飾る紅葉がないから、はっきりしないのかも知れませんよ。
也許沒有紅葉可以裝飾秋景，所以才不明顯吧。

A　でも冬は暖かくて、日本よりよいと思いますね。
可是我覺得冬天溫暖，所以比日本好呢！

B　そうでしょうか。
是嗎？

第四章　實際會話

一、寒暄

(一) 老師和學生在路上

学生　先生、お早うございます。　老師，早啊。
先生　お早う。「ございます」　早。
学生　先生、毎日この時間にいらっしゃいますか。　老師，每天這個時間來嗎？
先生　そうです。(いいえ、決まっていません)　是的。(不，不一定)
学生　先生はどちらに、お住まいですか。　老師住在哪兒？
先生　万華の方に、住んでいますが、君は？　住在萬華，你呢？
学生　基隆に住んでいます。　住在基隆。
先生　それは遠いですね。毎日汽車で来ますか。バスで来ますか。　那好遠啊。每天坐火車來呢？還是坐巴士來呢？
学生　大抵汽車で来ます。　通常坐火車來。

先生　どの位かかりますか。

要多久呢？

学生　汽車は、四十分かかりますが、その前後の時間を入れると、一時間半かかります。

火車要四十分鐘，可是將前後的時間算在內就要一個半鐘頭。

先生　一日往復三時間かかりますね。それは大変ですね。

一天來往要三小時嘛。那不得了。

学生　もう三年間、通学していますが、すっかり慣れました。

已經通學了三年了，都習慣了。

先生　そうですか。何れにしても、それは大変な事ですね。

是嗎？無論如何（總是）那眞不得了啊。

それじゃ此処で、失礼しましょう。

那麼在這兒再見吧。

学生　先生、さようなら。

老師，再見。

(二) AB之間互相比較客氣（在演講會上）

A　今晩は。

你好！（晩安）

B　今晩は。

你好！

A　まだ皆、集まっていませんね。

大家還沒聚齊哪。

B　まだ少し早いようですから。

好像還早一點的樣子……。

A　私はもう遅いと思って、急いで来たんですが。　　我以爲是晚了，所以趕來的。

B　私も、慌てて飛んで来たんです。　　我也慌忙地跑來的。

A　今晩は、少し涼しくなりましたね。　　今天晚上稍微涼爽了。

B　ええ、昼間は暑かったんですが、もう立秋も過ぎたから、朝夕は少し秋らしくなったようですね。　　是的。白天很熱，可是已經過了〃立秋〃，所以朝夕像是有一點秋意了。

A　台湾は夏が長くて、秋が短いように思われますが。　　我覺得臺灣像是夏天長而秋天短哪。

B　そうです。春もあっという間に、過ぎてしまいますし……。　　是啊。春天也一瞬間就過去了嘛。

A　大分集まって来ましたよ。もう直ぐ、お話が始まるでしょうね。　　大多到齊了。演講快要開始了吧。

B　そうでしょうね。　　是吧。

(三)　AB之間互相比較隨便一點　　(翻譯和(二)相同)

A　今晩は。

B　今晩は。

A　まだ皆(みんな)、集(あつ)まって来(き)ていないね。

B　まだ少(すこ)し早(はや)いようだから。

A　わたしは、もう遅(おそ)いと思(おも)って、急(いそ)いで来たんだよ。(男)／来たのよ。(女)

B　わたしも、慌(あわ)てて飛(と)んで来たんだ。(男)／来たの。(女)

A　今晩は、少し涼(すず)しくなったね。(男)／なったわね。(女)

B　うん、昼間(ひるま)は暑(あつ)かったが、もう立秋(りっしゅう)も過(す)ぎたから、朝晩(あさばん)は、少し秋(あき)らしくなったようね。

A　台湾は夏(なつ)が長(なが)くて、秋が短(みじか)いように思(おも)われるけど。

B　そうだよ。(男)／そうなの。(女)　春(はる)もあっという間(ま)に過(す)ぎてしまうし…。

A　大分(たいぶ)集(あつ)まって来たよ。(男)／来たわよ。(女)　もうすぐ、お話(はなし)が始(はじ)まるんだろうね。(男)／始まるかも知れないね。(女)

B　ええ、そうだろうね。(男)／そうかも知れないわね。(女)

二、訪　問

（一）A訪問上司（課長）

A　御免下さい。
有人在嗎？

雇人　はい。
有。

A　今日は。私は、今度台湾から来たAですが、課長さんは、御在宅ですか。
妳好。我是剛從臺灣來的A，課長在家嗎？

若しお差し支えがなかったら、一寸お目に掛かりたいと、思います。
假如不礙事的話，想要見他一面。

雇人　暫くお待ち下さいませ。
請稍等一下。

では、どうぞお上がり下さいませ。
那麼，請上來（進來）吧。

どうぞこちらへ、お掛け下さいませ。
請這邊坐。

A　これは、台湾から持って来た小さな物ですが、どうぞ課長さんに、お渡し下さい。
這是從臺灣帶來的一點點小意思，請交給課長吧。

雇人　それはどうも済みません。
那眞謝謝。

でも、お納めしてよいやら、伺って見ませ
不過，能不能接受，還沒問問看就……。

んと…。

課長　やあ、A君、よく来てくれたね。　呀，A君，歡迎歡迎。

A　おお、課長さん、今日は。　喔，課長，您好。

今日は、一寸御挨拶に上がりました。　今天向您問侯來的。

此の度は、色々御配慮に預かりました。又これから、大変お世話になります。　這次多承關照。以後還要請您多多幫助哪。

これは、郷里から持って来た物で、どうぞお受け取り下さい。　這是從家鄉帶來的東西，請哂納。

課長　そんな御心配には及ばないよ、君。　喔，你不必那麼客氣呀。（註　心配＝在意，擔心，憂慮）

A　大した物では有りませんが、是非どうぞ。　不是什麼貴重的東西，請一定接受。

課長　そうですか。それでは、どうも有り難う。　是嗎？那麼多謝你啦。

もう慣れたかね。始めは、少し勝手が違うだろうが、若し、分からない所が有ったら、遠慮なく係りの人に、聞いてくれ給え。　已經習慣了嗎？起初也許「感覺」事情有些不清楚（不一樣），假如有不清楚的地方，請不要客氣問問擔任那項工作的人吧。

A　はい。皆さんが、大変親切に教えて下さいます。　好的。大家都非常懇切地指教我哪。

課長　それから、日本と台湾は、気候が違うから、気を付けるんだね。食べ物はどうかね。

其次，日本和臺灣的氣候是不相同的，所以要留意啊。吃的東西怎麼樣？

A　大丈夫です。色々御心配を頂いて、有り難うございます。

沒問題。種種蒙您關懷眞多謝。

今度こちらへ来て、御指導を頂く事が出来て、大変幸せに思います。まだ経験が浅いので、どうぞ宜しくお願い申し上げます。

這回來這裡，能得到指導感覺眞太榮幸了。經驗還不够，所以請（拜托）多多指教。

課長　まあ、御心配なく、一つお働き下さい。今日は此処で緩りしてから、お帰りなさいな。

總之，不必擔心，請先工作看看。今天在這兒多待一會兒才（然後）回去吧。

A　いいえ、折角のお休みを、お邪魔しては申し訳有りません。今日はほんの一言だけ、御挨拶に上がりました。

不，您的特別休息日，來打擾會感覺不安。今天只是來問候。

ではお暇します。

那麼，告辭啦。

課長　そうですか。じゃ又その中に、来てくれ給え。帰る乗り物は、分かるだろうね。

是嗎？那麼改天請再來吧。回家的車子（交通工具）知道嗎？

A　はい、分かります。調べてから来ましたので…。　知道了。「因爲」查過了才來的。

お邪魔しました。さようなら。　打擾了。再見。

課長　さよなら。　再見。

(二) A訪問新認識的同事B

A　今日は。私は、台湾から来たAですが、Bさんは、いらっしゃいますか。　你好。我是從臺灣來的A，B先生在嗎？

家人　はい、おります。一寸お待ち下さい。　是，在。請等一下。

B　おお、Aさん、どうぞお上がり下さい。　喔，A先生，請進來吧。

A　では、遠慮なくお邪魔します。今日は何処にも、行かれませんで…。（いらっしゃいませんで…）　那麼，不客氣，要打擾啦。今天沒到什麼地方去而…。

B　朝からうちにいて、本を読んだり、テレビの野球を、見ていたりしていたんです。　從早上一直在家裡，看書啦，看電視的棒球賽啦。

あなたはどうでした？　你是怎樣的？

A　松屋のデパートに行って、二、三の買い物　我去松屋百貨店買些東西，然後在那邊附近走一走をして、それからその付近を歩いてから、お宅へ寄って見たんです。

才來你家看看的。

B　東京の生活は、どうですか。もうお慣れになりましたか。

東京的生活怎麼樣?已經習慣了嗎?

A　少しは慣れましたが、車の多いのには、何時もまごまごしています。

稍微習慣了。不過因爲車子多常常是慌慌張張的。

B　日本は、否東京は、交通地獄ですよ。長年住んでいる私達でも、何時もはらはらして、命掛けで歩いていますね。全く無茶のがいて、物凄い勢いで、こちらを無視して、突っ込んで来るから敵いませんよ。その中に日本では、交通事故の死亡者が、年に二万人を、突破する日が、来るでしょうね。

日本，不，東京是個交通地獄（交通危難的地方）呀。連長久住在這裡的我們也經常提心吊膽，冒死般地走路哪。實在有些人亂來（不守秩序），視若無睹的來勢兇兇地衝出來，所以眞沒辦法呀。不久「的將來」在日本因交通事故的死亡者（二十四小時以內的）總有一天會打破一年間兩萬人之記錄吧。

A　台湾の交通事故の数も、段々、増えて行く一方ですね。これは、文明社会の一つの共通現象でしょうか。

臺灣交通事故的數量也只有增加而沒有減少啊。這也許是文明社會的一個共同現象吧。

B　何にもないが、お八つ代りに、このケーキ

沒什麼特別的好東西，請用這餠喝喝咖啡當點心

A　とコーヒーを、お上がり下さいな。
吧。（註　お八つ＝下午的茶點，零食）

B　有り難う。では御馳走になります。
謝謝。那麼「不客氣地」接受了。（讓你請了）

A　Aさんは、甘い物がお好きですか。
A先生喜歡甜的東西嗎？

B　ええ、酒が飲めないので、何時も甘い物ばかり、食べています。それで友達から、よく子供扱いに、されるのです。
是的，因爲不會喝酒，所以老是吃甜的東西。因此常給朋友以小孩子看待呢。

皆が、愉快そうに飲んでいるのを見ると、私も出来たらと、思うのですが、遺伝でしょうか、酒の匂いを嗅ぐと、すぐふらふらしてしまう性です。
看見人家喝酒時好痛快的樣子，就想到自己也會該多好，可是，是遺傳吧，我這體質聞一聞酒味就會頭暈。

だから、宴席では、コカコーラばかり飲んで、御馳走に人一倍、精出すわけです。
所以在宴席上總是加倍的吃菜和喝可樂。
（註　精出す＝賣力氣，努力）

A　私もお酒は、一二杯はよいが、それ以上は、愉快になる所か、苦しくなりますね。
我也喝一兩杯酒是可以的，再多就不但不愉快反而痛苦了。

B　そうですか。それでは、食べる方は、どうですか。
是嗎？那麼，關於吃的方面怎麼樣？

A　食べる方は、誰にも負けませんね。二人
吃的方面都不輸給任何人啊。兩人份是無所謂的。

A　前は、平気ですよ。
健啖家の方ですか。だから、ボリュームが、お有りになるわけですね。今度、私の下宿に来られたら、台湾料理の米粉を作って、御馳走しましょうか。
外の物は出来ないが、米粉は学生時代に、母の作っているのを見て、その要領を覚えて、よく作っては、友達に御馳走するので、友達から〝米粉A〟と、綽名を付けられたんです。

是大肚漢（飯量大的人）嗎？所以才有這麼大的容量呀。下次來我住的地方時，我要燒臺灣料理的米粉請你呢。（註　有ボリューム＝胖大）
別的東西（菜）不會做，可是米粉在學生時代看母親做而學會了那個要領，因爲經常做給朋友吃，所以給朋友起了一個〝米粉A〟的別號呢？

B　それは面白いですね。今度、御馳走なりに行きますよ。

那很有趣呀。下次要去讓你請客。

A　きっとですよ。大分時間が、過ぎたようですね。じゃお暇しましょう。

一定啊。時間相當晚了。（過去了）那麼告辭吧。

B　まだいいんじゃ有りませんか。

沒有關係嘛。（多坐一會吧）

A　いいえ、長くお邪魔しました。

不，打擾了太久了。

B　何のお構いもしませんで…。又お出で下さ

沒有特別（好好兒）地招待…。請再來吧。

い。

A　はい。さよなら。皆さんに宜しく。　好的，再會。請代向大家問好。

B　はい。さようなら。　好。再見。

（三）A訪問教授B

A　こちらは、B先生のお宅ですか。　這兒是B老師的公館嗎？

家人　はい、そうです。　是的。

A　B先生は、御在宅ですか。　B老師在家嗎？

家人　はい、おります。どちらさんですか。　在家，你貴姓？

A　Aと申します。三時に、お目に掛かる約束ですが。　我叫A。約定三點鐘見面的。

家人　それでは、どうぞお入り下さい。　那麼請進來吧。

A　有り難うございます。　謝謝。

家人　この部屋でどうぞお待ち下さい。お出でになった事を、伝えて参りますから。　請在這屋裡等一等。我要去告訴他你來了。

A　はい、お願いします。　好的。請。（拜托啊）

B　これはようこそ、A君。さん。　喔，歡迎歡迎，A君。小姐。

A　お待ちしていました。お元気ですか。
　　我在等着哪。好嗎？

B　有り難うございます。とても元気です。先生は如何ですか。
　　謝謝。很好。老師好嗎？

A　私も、何時も健康その物です。私のうちは、すぐ分かりましたか。
　　我一向都很健康啊。我的家很快就找到了嗎？

B　ええ、バスの停留所の、近くの果物屋で、道を聞きました。とても親切に、教えてくれたので、すぐ分かりました。
　　是的，在巴士站附近的水果店問到路的。他們非常懇切地告訴我，所以馬上就知道了。

A　それはよかったですね。さあ、どうぞお楽に。
　　那好極了。喂，請寬坐（坐舒適一點）呀。

B　有り難うございます。このお住まいは、大変静かですね。
　　謝謝，這房子非常清靜啊。

A　此処ら辺は、まだ車が、沢山通っていないので、静かで、空気も割合に、奇麗な方ですよ。
　　這些地方還沒有許多車子經過，所以安靜些，而且空氣也比較乾淨。

　　今頃、こんなよい所を探すのは、難しいで
　　現在找這樣的地方，也許困難吧。

B　しょうね。

B　そのようですよ。住居問題が、段々厳重になって来ましたからね。

好像是那様子啊。因爲居住問題越來越嚴重啦。

A　時に、日本での学生々活は、どうですか。慣れましたか。

換個話頭，在日本的學生生活怎麼様？習慣了嗎？

B　少し言葉が分かって来て、講義が聞けるようになりました。外の方面も、追い追い慣れて来ました。

說話稍有進步，講義可以聽懂了。而在其他方面也漸漸地習慣了。

A　それは、進歩が早いようですね。

那像是進步得很快啊。

B　いいえ、どう致しまして。日本語は、やはり難しい物だと、思いました。

不，哪兒的話。（您誇奬了）我覺得日語還是挺難的。

A　何か、困るような事が有ったら、遠慮なく、相談に来なさいよ。

要是有什麼困難，不要客氣來商量啊。

B　有り難うございます。私も、長い間の、日本留学の念願が、叶って来たのですから、自分の専門科目の方に、しっかり身を入れて、勉強したいと思います。幸いに、同じ

多謝您。長久的到日本留學的願望終於實現而來到日本，所以我也想要好好地全心全意唸自己的專門科目。好在同一個研究室的大家都很好（懇切），給我種種

B　研究室の人達も親切で、色々教えてくれるので、大変助かっております。
指點，所以一切都非常方便。（註：助かる＝得幫助）

A　直接の指導教授は、どなたですか。
直接的指導教授是哪一位？

B　C教授です。
是C教授。

A　おお、C君ですか。C君は、なかなか優秀な教授で、アメリカの大学からも、来てくれと、招聘状が来ているそうですが。
喔，C君嗎？C君是位非常優秀的教授，聽說美國也有聘書來要他去呢。

B　そうだそうで、又先生は、何だかここ一、二年は、出国したくないと、おっしゃったように聞きましたけれど。
聽說是那樣子的，也聽到老師好像說過最近一兩年內不願意（不想）出國的。

A　そうですか。それは又珍しい事で…。それだけあなた方も、幸せですよ。まあ、このよい先生の下で、しっかりおやりなさい。私もひょっとしたら、新年の休みに、台湾へ三四日位、講演に行くかも知れないが。
是嗎？那是一件少見（可欽佩）的事。有這麼回事，你們的運氣也更好呀。在這位好老師領導之下，無論如何，好好地努力吧。我也說不定會在新年的假期中到臺灣去作三四天的演講呢。

B　そうですか。若し、はっきり日日が、決まりましたら、先生、お電話を下さい。うち
是嗎？假如日期「確實」決定的話，老師，請給我個電話吧。因爲要給家裡連絡連絡。

の方へ、連絡しますから。

B　そうですか。それは有り難う。スケジュールが出来たら、私の方からも、あなたのお父さん宛に、送りましょう。

是嗎？那謝謝你。日程表做好的話，就由我這邊也要寄給你爸爸吧。

A　父も、きっと喜ぶ事でしょう。じゃ、もう遅くなりましたから、失礼します。大変長居しました。

父親也一定會高興的。那麼已經太晚了，所以要告辭啦。打擾了很久呢。

B　そうですか。じゃその中に又。

是嗎？那麼改天再來。

A　はい。さよなら。

好的。再會。

B　さよなら。

再會。

（四）A訪問過去的同學B（男性間）

A　小母さん、今日は。*B*君いますか。

伯母，您好。*B*君在家嗎？

小母　おりますよ。今学校から、帰って来た所ですの。

在呀。剛剛從學校回來的呢。

まあ、お上がんなさいな。

啊，請上來吧。

B　やあ、*A*君、よく来たね。まあ、掛け給え。

呀，*A*君，歡迎。（你來啊）喂，坐啊。

A　有り難う。　謝謝。

B　この頃どうなんだい。　近來怎麼樣？（好嗎？）

A　ああ、有り難う。大変元気だよ。君はどうだい。　啊，謝謝，很好呀。你呢？

B　僕は少し風邪を引いてね。でも、もう大分いいんだよ。　我有一點感冒呢。不過已經好多了。

小母　Aさん、お茶を持って来ましたから、どうぞ。このお菓子は、うちで作ったんですが、お好きかしら。　A先生（同學），倒了一杯茶給你，請用吧。這些餅是自己家裡做的。不知道你喜歡不喜歡？

A　小母さん、有り難う。見ただけでも、おいしそうですね。　伯母，多謝。一看就知道很好吃的樣子。

小母　どうぞ御遠慮なく。　請不要客氣。

A　はい。　好的。

B　君、食えよ。遠慮するな。　你吃啊。客氣什麼。

A　遠慮なんかするもんか。　誰會客氣呢？

じゃ先ずこれを一つ。　那麼，先吃這個。

わあ！うまいね。君、自分は食わんのかい。　哇！眞好吃啊。你自己不吃嗎？

B　僕は今、あんまり欲しくないんだ。この頃、学校の方はどうだい。　我現在不大想吃。最近學校怎麼樣？

A　宿題が多くてね。それにもうすぐ試験が有るんだよ。　家庭作業好多呢。而且也快要考試了啊。

B　僕の方もそうだよ。大いに勉強しないと、卒業出来なくなるからね。　我也是呀。不好好用功就不能畢業啦！

A　卒業際になってから、引かかっていたら、惨めだね。　將要（到了）畢業的時候而「被纏住」不能畢業就慘啦。

B　そうなんだよ。お互いに、しっかりやろうぜ。　可不是嗎？我們倆好好地幹吧。（努力吧）

A　うん、やろうよ。　是的，幹呀。

（五）A訪問過去的同學B（女性間）　（翻譯和㈣相同）

A　小母さん、*B*さんいらっしゃいますか。（いますか）　*B*小姐（同學）

小母　おりますよ。今学校から、帰って来た所ですの。まあお上がんなさいな。　（上がんなさい＝上がりなさい＝上來）

B　あら、*A*さん、よく来たわね。どうぞ掛けて。

A　有り難う。

B　この頃どうなの？

A　ええ、有り難う。とても元気よ。あなたはどう？

B　わたしは少し風邪を引いてね。でも、もう大分いいのよ。

小母　*A*さんお茶を持って来ましたから、どうぞ。このお菓子は、うちで作ったんですが、お好きかしら。

A　小母さん、有り難う。見ただけでも、おいしそうですね。

小母　どうぞ御遠慮なく。

A　はい。

B　あんた、お上がんなさいよ。遠慮したら駄目よ。

(あんた＝あなた)

(上がんなさい＝上がりなさい＝吃)

(駄目＝不行，没有用，没有希望)

A　遠慮なんかしないわよ。
じゃ先にこれを一つ。
あら！とてもおいしいわね。
あんた、自分は食べないの？

B　わたしは今、あんまり欲しくないの。この頃、学校の方はどうなの。

A　宿題が多くてね。それにもうすぐ、試験が有るのよ。

B　わたしの方もそうなのよ。大いに勉強しないと、卒業出来なくなるからね。

A　卒業際になってから、引かかっていたら、惨めだわね。

B　そうよ。お互いに、しっかり勉強しようよね。

A　ええ、しようね。

三、邀　請

（一）A應上司B的邀請

A　今晩は。

有人在嗎？（晚安，你好）

B　おお、*A*さん、よくいらっしゃいました。

喔，*A*先生，歡迎你來。

A　今晩は御丁寧に、お招き下さいまして、有り難うございます。

非常感謝您今晚那麼客氣的邀請。

B　一度家族達と、お食事を一緒にと思って、お出でを願ったんですが、さあどうぞお上がり下さい。

是希望你跟我的家人在一起吃頓飯，所以才請你來的。快，請進來吧。

A　御親切、有り難うございます。

眞謝謝您的好意。

B　*A*さん、こちらは家内です。

*A*先生，這是內人。

A　奥さん、始めまして。*A*です。御主人に、大変お世話になっております。又今晩は、有り難うございました。

太太，初次見面啊。我是*A*。多蒙您的先生照顧，同時也謝謝今天晚上的邀請。

奥様　始めまして、よくお越し下さいました。

初次見面啊。非常歡迎光臨。你的大名（消息）經

お噂は、何時も主人から、よく承っております。
常聽外子提起。

B　さあ、Aさん、どうぞこちらへ、お掛け下さい。
啊，A先生請這邊坐。

A　はい、有り難うございます。
好的。多謝。

子供　小父さん（Aさん）、今晩は。
叔叔（A先生）好！

A　おお、今晩は。大変可愛い、お子さん方ですね。皆さん、もう小学生ですか。
喔，你好！孩子們眞可愛呀。都已經是小學生了嗎？

男子　僕は三年生。
我是三年級。

女子　あたしは一年生。
我是一年級

A　そうですか。学校は、お近いですか。
哦！學校近嗎？

男子　うん、歩いて十分位。
嗯，步行差不多要十分鐘。

A　車が沢山有って、大変でしょう。
車子很多，很難走吧。

女子　そうでもないよ。皆で、うちの側で集まって、それから、列を作って行くの。
並沒有什麼哪。大家在我家附近集合，然後排隊去的。

男子　だから大丈夫さ。
所以沒問題（可靠）嘛。

A　そうですか。
喔，原來是這樣的。

B　*A*さん、それじゃ、そろ〳〵食堂の方へ、行きましょうか。

A　はい。

B　*A*さん、此処へどうぞ。

A　此処は、少しお高過ぎますが。

B　いいじゃないんですか。別に外の人も、呼んでいないから。

A　そうでしょうか。それでは、お言葉に甘えて、失礼させて頂きます。

B　皆は、好きな所へ掛けたら、いいね。

子供　はい。

奥様　さあ、何にも出来ませんが、どうぞ御遠慮なく、*A*さん。

A　奥さんも、どうぞ御一緒に。

奥様　はい、私は直ぐ参りますから、皆さんどうぞお先に。

B　じゃ、私達は先にやりましょう。

*A*先生，那麼，我們就到飯廳去吧。

（註　そろ〳〵＝就要，慢慢地，漸漸）

好的。

*A*先生。請坐這個位子。

這兒太上位啦。

可以嘛。「因爲」也沒有請其他的人呢。

是嗎？那麼，聽您的話，不客氣啦。

大家隨意（喜歡的地方）坐就好啦。

好！

哎啊，*A*先生，沒有什麼特別好菜，請你不要客氣。

太太也請一起來吧。

好，我馬上就來，所以請大家先用啊，

那麼我們先來吧。

A　では、遠慮なく頂戴（ちょうだい）致（いた）します。

那麼就不客氣拜領啦。

子供　頂きます。

要吃啊！

B　Aさん、先（ま）ずビールを一杯（いっぱい）、如何（いかが）ですか。

A先生，先來一杯啤酒，好嗎？

A　はい、有り難うございます。

好，謝謝。

奥様　これは、関西地方（かんさいちほう）の牛肉（ぎゅうにく）を焼（や）きましたので、どうぞお暖（あった）かいうちに…。

這是用關西地方的牛肉燒的。請趁熱時用啊。
（註　暖（あった）かい＝暖（あたた）かい）

Aさん、日本料理（にほんりょうり）は、お慣（な）れになりませんでしょう。

A先生，日本菜也許不習慣吧。

A　何と言っても、中国料理（ちゅうごくりょうり）は、世界一（せかいいち）でございますからね。

無論如何，中國菜是世界上最好的嘛。

A　そうでも有りません。日本料理も又おいしい物が、沢山有りますよ。例（たと）えば、茶碗蒸（ちゃわんむ）しだとか、刺身（さしみ）だとか、おすしだとか、大変おいしいと思いますね。

也不見得。日本菜也有很多好吃的呢。比方，蒸蛋啦，生魚片啦，壽司啦，我認爲很可口的。

奥様　さようでございますか。

是嗎？

今晩は、まるでAさんのお好きな物を、前（まえ）から伺（うかが）っていたかのように、茶碗蒸しも、おす

好像早就知道A先生喜歡吃的東西似的，今晚蒸蛋和壽司都準備（做）了。馬上要拿出來，所以請多

しも作りましたよ。今直ぐ、持って参りますから、沢山お上がり下さいませ。
多用吧。

A　それはどうも済みません。奥さんは、なか〱お料理がお上手で、こんなおいしい牛肉は、始めてです。
那眞太不敢當了。太太非常會燒菜，這樣可口的牛肉還是第一次吃呢。

奥様　さようでございますか。お口に会いまして、何よりでございます。
是嗎？合你的口味，好極了。

B　Aさん、このお酒を一杯、如何ですか。
A先生，這種酒喝一杯，怎麼樣？

A　お酒は、どうも行けませんので。
酒，眞眞是不行，所以…。

B　じゃビールの方を、もう一杯。
那麼，再來一杯啤酒。

A　これはどうも済みません。
很謝謝您。

台湾にも、今日本料理屋が、沢山有って、商売が、相当繁昌していますよ。
臺灣現在也有很多日本菜館，而生意相當好哪。

B　そうだそうですね。交通が、発達するにつれて、各国間の衣食住も、段々共通的に、なって来ましたね。
聽說是那樣子（如此）啊。交通發達隨之各國間的衣，食，住也漸漸地共通化了。

A　そうです。東京の朝食の、トーストに卵、
是的。東京的早餐烤麵包，鷄蛋，牛奶的內容跟倫

牛乳等の内容は、ロンドン、ニューヨーク、台北と、大体同じですものね。　敦，紐約，臺北是差不多嘛！

B　世界は、段々一つになって行く傾向が、有りますね。　世界漸漸地有變成一個的趨勢啊。

A　私もそう思います。　我也這麼想。

今日は、お言葉に甘えて、思う存分、沢山頂きました。　今天不客氣地吃了很多。

御馳走様でした。　叨擾了。

B　どう致しまして。　哪裡哪裡。

奥様　どうもお粗末様でした。　簡慢得很。

B　*A*さん、あちらの客間で、お茶でも飲みましょう。　*A*先生，在那邊的客廳裡喝喝茶吧。

A　はい。　好的。

A　じゃ、もう遅いようですから、そろ／＼お暇致します。　那麼，時間好像已經不早了，所以要告辭啦。

B　そうですか。それでは、又折を見てお出で下　是嗎？那麼找機會請再來吧。

さい。

A 有り難うございます。大変御馳走になりました。　謝謝您。叨擾叨擾。

奥さん、どうも御迷惑を、お掛け致しました。　太太，眞讓您麻煩了。

奥様 いいえ、何のお構いも、致しませんで、失礼申しました。　不謝了。招待不週，對不起。

又その中に、どうぞ。　請改天再來啊。

B 表通りに出るまで、一寸暗いから、気を付けて下さい。　到外頭大馬路之前有一點黑暗，所以請注意啊。

A はい。さようなら。　好的。再見。

子供 さよなら。　再會。

A 皆さん、さようなら。　大家再會。

(二) 邀請觀月

A Bさん、もう間もなく〃中秋節〃で、この日に、皆に北投の家までお出でを願って、お月見をしようと、計画しているのですが、御都　*B*先生(小姐)快到中秋節了，正在計劃當天請各位到北投我家來賞月呢，你方便不方便？

合如何でしょうか。

B　北投のお宅の庭で、お月見とは、すばらしいですね。是非お邪魔させて頂きます。この日は、何曜日になりますか。
在北投你家院子裡賞月，那好極了。一定讓我參加吧。這天是星期幾？

A　新暦も、偶然に十五日で、火曜日になります。
陽曆也恰巧是十五號星期二。

B　もう後一週間ですね。
此後還有一星期，是嗎？

A　そうです。*C*さんも*D*さんも、見える事になっています。
是的。*C*先生（小姐）*D*先生（小姐）都要來的。

B　それは、お賑やかな事ですね。願ってもない事で、今から、楽しみに、しています。
那一定很熱鬧呀。這是求之不得的。從現在起就快快樂樂地待着哪。

A　どうぞ。時間は六時半までに、お出で下さったら、結構です。
請。「時間」在六點半以前來就可以啦。

私の家の場所は、御存じでしょうか。
我家的地址知道嗎？

B　この前、お正月の時に、お伺いしたから、よく覚えています。
上次新年的時候去過了，所以還記得很清楚。

A　ああ、そうそう。では、お待ちしております。
喔，是的是的。那麼等你啦。

B　はい、間違いなく、お邪魔させて頂きます。
好的，一定會去打擾（拜訪）你的。

四、飲食

(一) 早餐　B是A家的投宿客

A お早うございます。お食事の用意が、出来ましたから、どうぞ。
早啊！飯準備好了，請。

B ええ、有り難うございます。
好的。謝謝。

A 今朝は台湾式ので、お口に合うか、どうか分かりませんが、どうぞお試み下さい。
今天早上「的飯」是臺灣式的，不知道會不會合你的口味，不過請試一試。

B ええ、これは大変久しぶりで、豚でんぶに塩卵、珍しく又懐しいですね。
好的。這好久沒有嚐過了，有肉鬆還有鹹蛋，多麼的稀奇又令人想念啊。

A お好きですか。
你喜歡嗎？

B ええ、大好物で、父の友人が、台湾から送ってくれた事が、あるから、よく知っています。
是的。這是最喜愛的東西，因爲過去父親的朋友曾從臺灣寄來給我，所以都知道。

A そうですか。豚でんぶは、割合に誰にでも、喜ばれるものですね。このお粥は弱い火で、
是嗎？肉鬆是任何人都比較歡迎的東西。這稀飯的用小火慢慢煮的，所以非常的爛。

緩り炊いたから、大変柔らかいんですが。

B　大変結構ですね。毎朝台湾式の、お食事ですか。
好極啦。每天早上都用臺灣式的早餐嗎？

A　いいえ、時々パンとミルク、卵だったり、お粥にしたりして、決まっていません。
不，有時候用麵包，牛奶和蛋，有時候用稀飯，沒有一定。

B　日本も戦後から、米食からパン食に、段々変わって来ていますよ。
日本也自戰後以來，由米食漸漸地改變爲麵食呢。

A　だから、お米が余ってしまった、という事でしょうか。
所以米才剩下來嗎？

B　お米は、以前は台湾から、輸入していたのですが、需要が減った事や、豊収が続いた事からのようですね。
米以前是從臺灣進口的，好像因爲需要減少了，和連續豐收的緣故哪。

A　もう一杯、如何ですか。
再來一碗好嗎？

B　ええ、もう一杯、頂かして下さい。とてもおいしく出来ているから。
好。請再給我一碗吧。因爲煮得非常好吃嘛。

A　どうぞ御遠慮なく、沢山お上がり下さい。
請不要客氣多多用吧。

B　遠慮など、ちっともしていないからこそ、こ
因爲毫無客氣才來你家接受招待啊。

うしてお宅に、お世話になっております。

A　その方が、よいと思いますね。　　我想這樣較好呢。

B　この花胡瓜の、胡麻油和えは、変わっておいしいですね。　　這花瓜（小胡瓜）拌麻油特別可口啊。

A　これは即製で、とても簡単に、出来ますよ。　　這是臨時做的菜，而非常容易做呢。

B　そうでしょうか。私は、食べる事だけが出来て、どうやって料理するのか、一向に、無頓着でして。　　是嗎？我只會吃，菜要怎樣做法，一向不關心的。

本当に、お腹一杯に頂きました。御馳走様でした。　　眞的吃得很飽了。謝謝盛餚。

A　もうお宜しいんですか。それでは、烏竜茶をお一つ。　　已經够了嗎？那麽，請喝一杯烏龍茶。

B　おお、これが烏竜茶ですか。なか〱香ばしいですね。　　噢，這是烏龍茶嗎？好香啊。

A　郷里から取寄せた物で、うちでは、何時もこれを、使いつけているんです。　　是從家鄉送來（叫來）的，我家經常都用這種而用慣了。

B　先日、茉莉とか入った物を、頂いたんです　　前些日子接到（喝過）了含有茉莉花的茶，覺得香が、少し匂いが強過ぎて、お茶の味が、分からなかったんですけれど。この方が好きですね。

A そうでしょうか。

B どうも御馳走様でした。

A どう致しまして。大変簡単で、失礼しました。

(二) 午　餐

A もうそろ〳〵、お昼ですから、何処かへ行って、何か簡単な物を、頂きましょうか。

B 何処に行きましょうか。
おそば屋は、どうでしょう。

A そうですね。この付近に、よさそうなそば屋が、有りますか。

B この間、Cさんと一緒に行ったのが、そう悪くなかったけれど、それは、あの本屋の直ぐ

味過强一點，反而茶葉本身的味道都不顯明了。這種我較喜歡。

是嗎？

實在叨擾了。

哪兒的話。太簡慢，很對不起。

快到中午了，所以到什麼地方去吃些簡單的飯（東西）吧。

到那兒去呢？

麵店怎麼樣？

是啊，這…。這附近有沒有好的麵店？

前些日子跟C先生（小姐）一起去的地方，還算不錯呢，那就是在那家書店的前面呀。

先に、有りますよ。

A　じゃ、そこへ行って見ましょうか。

B　それでは、御案内しましょう。

店員　いらっしゃい。「ませ」こちらへどうぞ。

A　一寸メニューを、見せて下さい。

店員　はい。

A　私は、三番目の、鶏の肉の入った焼きそばを、
取りましょう。

B　私は何にしようかな。(男)
かしら。(女)

汁そばにしようか。(男)
しましょうか。(女)

じゃ、三番目の、焼そば一つと、六番目の、
汁そばを一つ、願います。(男)
お願いします。(女)

店員　畏まりました。

A　あんまり混んでいませんね。

B　まだ少し早いから、混んでいないが、十二時
半頃が、一番混んでいると思います。お客さ

那麼，到那裡去看看吧。

那麼就，我領路了。

您來啦。請到這邊來。

菜單給我看看。

好的。

我就點第三號，有鷄肉的炒麵吧。

我來點什麼呢？點碗湯麵吧!?（自言自語）

那麼，拜托你給我們三號的炒麵一個，六號的湯麵
一個。

好的。

不大擁擠嘛。

還早一點，所以不大擁擠。可是，我想十二點半左
右是最擁擠。客人大部分都是在這附近工作的店員

んは、この付近に勤めている店員とか、学生とかが、大部分ですね。
和學生呢。

店員　はい、お待たせ致しました。
噢！讓您久等了。

A　案外、味が悪くないんですね。
出乎意料的味道不錯嘛。

B　私のは、あっさりして、辛くないから、好きですね。
我的既不油膩也不鹹，所以我喜歡呢。

A　お腹が、一杯になりましたか。
吃飽了嗎？

B　丁度いい加減ですね。今日は、私に御馳走させて下さい。
剛好啊。（差不多了）今天讓我請客吧。

A　いえ、私にお勘定させて下さい。
不，讓我付錢啊。

B　先日、御馳走になったから、今日は、是非私に。
前些日子是讓你請的，所以今天一定讓我來付吧。

A　それはどうも済みません。
那眞謝謝你。

御馳走様でした。
叨擾了。

B　じゃ、もう出ましょう。
那麼走吧。

A　そうしましょう。
走啊。

B　これでお勘定を。「して下さい」
「請」用這「錢」結賬吧。

店員 はい。毎度有り難うございます。又お出で下さい。「ませ」

好的。謝謝惠顧。請再光臨。

(三) 晩　餐

A 台湾では、今、中国三十五省の料理が、集まって来ているので、何でもそれが、頂ける事になっていますよ。

中國三十五省的菜，現在都集中在臺灣了，所以無論什麼菜都能吃到啊。

B なか〱大したもんですね。その中で、何料理が、特に有名ですか。

很可觀呀。（了不得啊）其中是什麼菜特別有名呢？

A そうですね。北平、広東、湖南、四川、上海等でしょうね。然し、福州料理とか、台湾料理も、やはり特色が、有りますよ。

這個嘛。是北平菜、廣東菜、湖南菜、四川菜、上海菜等等吧。可是福州菜啦，臺灣菜啦，仍然也有它的特色呢。

B 台湾に折角来たのですから、暇が有れば、それを食べ回るのも、一つのいい勉強になりますね。

特地來臺灣的，所以有空的時候，到各處去吃「各種菜」也是一個好的學習啊。

A 私も台湾に住みながら、何時かそうしようと、思っているけれど、なか〱機会が有り

我也住在臺灣，雖然總想有一天那麼做，可是很難有機會呀。從今天晚上起，馬上吃臺灣菜試試吧。

ませんで。今晩から早速、台湾料理を、食べ
て見ましょうか。

B　そうですね。何処か、よい所が有りますか。　對啊。有什麼好地方?

A　余り立派な店ではないが、円環辺りに一軒、
味がそう悪くないのが、有るそうで、又そう
高くないと、聞きましたが。

據説在圓環附近有一家，雖然店舖不怎麼漂亮，可
是味道不錯而價錢也不大貴的。

そこへどうでしょうか。　到那裡去怎麼樣?

B　お伴しましょう。　陪你去啊。

店員　いらっしゃい。「ませ」　您來啦。(歡迎歡迎)

A　二人だけだから、緩り出来る静かな所を下さ
い。　因爲只有兩個人，給我們舒適清靜些的地方吧。

店員　畏まりました。どうぞこちらへ。　好的。請到這邊來。

A　メニューを見せて下さい。　菜單給我們看看。

店員　はい、どうぞ。　好的，請。

A　蝦丸湯、白斬鶏、西施舌、それから紅焼魚、　蝦丸湯、白斬鷄、西施舌、還有紅燒魚，這些嗎?
こんな所は、どうでしょう。　(怎麼樣)　(註　西施舌＝一名沙蛤)

B　私はよく分からないから、適当にお見立て下　我不大清楚，所以請隨意點菜(選菜)吧。都由你

さい。お任せします。　決定好啦。（委任）

A　じゃ、お汁は蝦丸湯、鶏はこの白斬鶏。西施舌出来ますね。　那麼，湯是蝦丸湯，鷄是這種白斬鷄。能做西施舌嗎？

店員　はい、出来ます。　嗯，會。

A　西施舌にそれから、紅焼魚と、先ず願います。（お願いします）　西施舌，還有紅燒魚，先給我們點的那些吧。

店員　お酒は、如何ですか。　要酒嗎？

A　お酒は、何がお好きですか。*B*さん。　你喜歡什麼酒？*B*先生。（小姐，太太）

B　そうですね。紹興酒を頂きましょうか。　哦！給我紹興酒吧。

A　じゃ、紹興酒の暖めたのを、下さい。　那麼，給我們溫的紹興酒。

店員　畏まりました。　好的。

A　これだけ先に注文して、若し、足りなかったら、米粉でも、取りましょうか。　先叫這些「菜」，要是不够的話，再點些米粉好嗎？

B　ええ、頂いて見てから、決めましょう。　是，吃了看看，然後再決定吧。

A　食べた後の感想でも、書きましょうか。　把吃後的感想寫一寫，好嗎？

B　あなたにお願いしますよ。　拜托你啦。

A　いや、あなたの方が、文章がお上手だから、　不，你的文章寫得眞好，所以請你寫。

お書き下さい。

B　それでは話し合って、一緒に書きましょう。　那麼，彼此商談一下一道寫吧。

A　台北食べある記（歩き）ですね。　是臺北〝獵食記〞嗎!?

註「記」和「歩き」的語尾同音。

一個音兼兩個意思叫做〝掛け言葉〞（雙關語）

五、住　居

（一）公　寓

A　お引越しになったそうですが、どちらに。　聽說搬家了。在什麼地方?

B　大学の側のアパートに、移りました。　搬到大學附近的公寓去了。

A　最近出来た物でしょうか。　是不是最近蓋好的?

B　そうです。親類の者が、買ったんですが、急に南部に転勤されたので、住んでくれと言うのです。　是的。是位親戚買下來的。可是他突然給調到南部去工作了，所以要我住的。

A　アパートの住み心地は、どんなでしょうか。　住公寓的感覺（心情）如何?

B　今までの家は、庭が有ったが、急に庭が無く　過去的家有院子，突然沒有了，總有狹窄的感覺，なると、何だか狭苦しく、箱詰めにされたようですね。それに色々の物音が、上、下、右、左から、響いて来ますね。

好像給裝在盒子裡一樣。加上各種的聲音從上面、下面、右面、左面的響來啊。

A　でもよい所も、有るでしょう。

可是，也有好處吧。

B　それは、スペースを有効に利用して、小ぢんまりとしているから、掃除に余り手間が掛からないし、それから、鍵一つで、戸締りが出来る点ですね。

那是把空間充分地利用了，房子建造得小而整齊，所以不必花太多的時間打掃，而且只需一支鑰匙就可以關門（鎖門）了啊。

A　それでは、夫婦共働き（共稼ぎ）には、いいかも知れませんね。

那麼也許對於都在工作的夫婦較適宜吧。

B　ええ、いいかも知れません。でも空巣狙いには、絶対安全でもないようですよ。

嗯，也許是吧。可是對於〃闖空門〃的好像不是絕對安全的哪。

A　それはそうですよ。今頃の空巣狙いは、段々大仕掛けになり、やり方も、完全になって来ましたもの。

那當然啊。現在的〃闖空門〃的越來越大規模化，做法也高明多（完全）了嘛。

B　あなたも行く行くは、アパートにお入りになりますか。

你將來也要搬進公寓去嗎？

A　アパート住みに抵抗を感じて、今まだ小さな庭の有る家に、住んでいますが、周囲が大厦高楼になると、逃げなければならないでしょうね。その時には、仕方がなしに、アパートにでも住みましょうか。

對住公寓有些不願意（抵抗）的感覺，所以現在還住在有小院子的家，可是周圍一旦變成大厦高樓時，就非搬（跑）開不可了啊。到那個時候公寓也不得不住吧。

B　自分の理想な家に住むと言う事は、難しい限りですね。

住合乎理想的家是件極難的事呀。

A　本当に！

眞是如此。

（二）日本式的家

A　此処は、大変よい所ですね。

這兒是個很好的地方啊。

B　まあ、台北市より少し静かで、青空が仰げるから、空気も、余り汚れていないかも知れませんね。

可以說比臺北市較清靜些，而且能看見藍色的天空，所以空氣也說不定較清潔（不大骯髒）吧。

A　この芝生の青いこと、まるで、絨毯のようですね。この手入れが、大変でしょう。

這草坪多麼的綠油油啊。好像是張地毯呢。這整理（照顧）很麻煩吧。

B　付近の園丁さんに、一日に何十分か、見て貰

叫附近的園丁一天整修（看顧）幾十分鐘呢。

っているんですが。

A　それは結構ですね。お住まいも木造で、今時に珍しいですね。
那好極了。房子也是木造的，現在很少見啊。

B　日本式住宅は、もう流行後れです。
日本式的房屋，已經不時興了。

A　でも、木造の方が、健康によいと言う事ですから。
可是聽說木造的對於健康比較有利呢。

B　冬は割合に暖かく、夏は涼しく感じるんですけれど、修繕が、鉄筋コンクリートより、要りますね。
冬天覺得比較溫暖，夏天涼爽，可是比起鋼筋水泥來需要多修理啊。

A　そうですか。何時からこちらに、お住まいですか。
是這樣嗎？從什麼時候起住在這兒的？

B　もう彼れ此れ、十年になります。畳が、すっかり古びてしまったので、その上に絨毯を被せたら、ちぐはぐになりました。もう少し住めるだけ住んで、それから、改造をしようと、考えております。
已經差不多十年了。塌塌米完全變舊了，所以在上面舖了地毯看起來就覺得不調和啦。想能多住的話，住些時侯，然後要改造呢。

A　まだ新しそうじゃ有りませんか。勿体ないで
還不是新的樣子嗎？很可惜啊。

すね。

B　だから、なか／＼改造に、踏み切れないんですよ。時代後れと思いながらも。

所以對於改造遅遅下不定決心哪。雖然覺得不時興。

A　惜しいと思う気持は、時には、進歩を阻む元でしょうね。

覺得可惜的心情，往往會是阻礙進步的原因吧。

B　さあ、中へお入りになって、お茶の一杯でも、お上がり下さい。

啊，請進來喝杯茶吧。

A　じゃ、一寸拝見させて頂きます。打ち抜いて家全体が、一つの部屋になっているから、広広としていいですね。

那麼，讓我參觀參觀。各屋子的紙門打開，整個家變成了一個房間，所以視界好開闊啊。

B　日本式の建物は、この点では、都合がよいんです。襖、障子を取り払うと、一つの大きな部屋になるし、締めると、別々の部屋になりますね。たゞ、鍵の掛けようがないので、工合の悪い時も有ります。

日本式的房子對於這點是方便的，槅扇，紙門拿走就變成一個大房間，關閉就成爲一個一個個別的房間。只是無法鎖，所以有時候也不方便。

A　おお、二階も有りますね。

喔，也有樓上啊。

B　二階は、八畳が二間有ります。始め、見晴し

樓上有兩間八個塌塌米的房間。當初是爲了眺望建

の為に、建てたのですが、この頃は、付近に高い家が、出来て、観音山、大屯山、淡水河が、はっきり見られなくなりました。

的。可是最近附近建了高樓，觀音山、大屯山、淡水河就不能看得清清楚楚了。(註 地名，人名照該地原音發音。可是一些臺灣的地名也可以照過去的習慣叫的)

A それは惜しいですね。私の家も、すぐ裏と横に、ビルが出来て、日が入らなくなってね。そして、窓を開けると、部屋の中まで、見渡されるしで、困っています。久しぶり、お宅のような、緑一杯の中に、身を置くと、命が延びたような気が、しますよ。

那眞可惜呀。我的家也就是因爲在後面和側面建了高樓而陽光不能進來呢。而且打開了窗戶又可看到屋子裡眞爲難哪。好久以來才在你家這樣滿是綠色之中，好像覺得生命都延長多了。

B そんなら、これから度々、お出で下さい。お待ちしていますよ。

那麼以後就請你常常來。等着你哪。
(註 そんなら＝それなら)

A それは有り難う。もう大分、時間が経ちましたから、失礼しましょう。

謝謝。時間已經相當晚了，所以告辭吧。

B まだ早いじゃ有りませんか。

還早哪。

A いいえ、四時に、人に会う事になっているので。

不，因爲四點鐘約定要見人的。

B　それはどうも残念ですね。又いらして下さい。　那眞太可惜啊。請再來吧。

A　有り難う。どうもお邪魔しました。　謝謝，眞打擾你了。

六、服装

(一) 國貨

A　今日はなか〱気の利いた洋服を、着ていますね。　今天穿了件很漂亮的西裝啊。

（註　氣が利く＝週到，機靈，漂亮）

B　これですか。これがそんなに、よく見えますか。実は、これは、会社の配給品なんです。　這件嗎？這看起來會那麼好的呢？老實說，這是公司的配給品。

うちの工場で、織った布れを、加工場で、大、中、小と、三種類に分けて、作った物で、一揃い、三百五十円ですよ。　我們的工廠織的布，在加工廠分爲大、中、小三類做的而一套三百五十塊呀。

A　一寸見には、三百五十円には見えませんね。台湾の織物も、進歩したもんですね。　乍看，看不出是套三百五十塊錢的呢。臺灣的紡織物也進步啦。

B　織物業の発達で、外の物価が、上がっても、衣類が、余り上がっていないのが、幸せです　因爲紡織業發達，雖然別的物價上漲，衣著類却不大漲價，眞是幸運啊。

ね。

A　台湾で、工賃が安いのも、強味ですよ。　在臺灣工資便宜也是一個優點（長處）呀。

B　子供服も、この頃は、とてもあか抜けて、舶来品には、負けないし、その上、安いんですからね。　孩子們的衣服最近也非常別緻，不輸給外國貨而且又便宜呢。

A　本当にそう思いますよ。　我也認為如此啊。

B　以前子供服は、よくうちで、母親が縫ったものですが、今は買えば、間に合うので、手数が省けましたね。　過去孩子的衣服經常都是在家裡由母親做的，可是現在買了就夠用，所以省了許多麻煩了。

A　あなたの所では、ニットの方も、沢山外国のオーダーを取っているんでしょう？　你那邊的編織也接到了很多外國的訂單嗎？

B　ええ、既に今年一杯まで、沢山の注文を受けて、もう応じ切れないんですよ。　是的。已經接到了本年中到年底有那麼多的訂單，眞是供不應求呀。

外国で衣類を買う時は、気を付けないと、うっかり台湾の輸出品を、買って帰る事が有りますよ。　在外國買衣服，不仔細有時侯疏忽就會買回臺灣的輸出品來哪。

A　この間も、誰かが香港で、英国の洋服地を、　聽說前些日子是誰呢，在香港買了英國製的西裝料

B　買って来たら、それは台湾製だったと、聞きましたが。　回來，那原來就是臺灣製的。

B　私はこの頃は、国産品ばかり、使っているから、そんな目に会わないでよいと思いますね。　我最近都是用國貨，所以才沒有那樣的經驗，覺得很好。

A　私もですよ。自分の国の物が、よくなると、余り舶来品に、憧れなくなりますね。　我也是啊。自己國家的產品好起來，就不會嚮往外國貨啦。

(二) 流行

A　ミニスカートは、始め余りに、剝き出し過ぎて、大変抵抗を、感じたけれど、この頃は、慣れたというのでしょうか、何とも思わなくなりましたね。　迷你裙，起初因爲太暴露，所以感覺到很大的阻力，可是最近也許看慣了吧，覺得沒什麼了。

B　私も是初嫌だなと、一寸思ったが、見ている間に、若い女の子は、健康美、肉体美を感じさせるので、却ってこの頃は、眺めるのが楽しくなりましたよ。　我最初也覺得有一點厭惡，可是看久了，年輕的女孩子令人感覺到有健康和青春的肉體美，所以近來倒變成了以看爲樂啊。

A　流行の作用というのは、不思議ですね。大勢の人がしている事は、ついそれがよいかのようになり、正しいかのように思わされるからね。

流行的作用是多麼不可思議呀。許多人在做的事，總會被認爲似乎是好的，或者是對的啊。

B　ええ、流行の波に乗っていないと、つい時代後れとか、野暮臭いとかの印象を、与えるんですね。

是的，要是沒趕流行，不知不覺之間就會給人家時代落伍或者不風雅的印象呢。

A　ミニからミディとか、マキシになると言っているけれど、どうでしょうか。

聽說從〃迷你〃將變成〃迷地〃〃媚嬉〃了。你認爲怎麼樣?

B　まだお話だけで、本当になってしまうには、一寸時間が、掛かるでしょうね。

只不過說說的，真正要變的話，還需要一些時間吧。

A　余りミディや、マキシで包んでしまうと、何にも見えなくなって、淋しく思いますよ。

假如用〃迷地〃或〃媚嬉〃過度的包起來，就什麼也看不見了多不够意思呀。

B　今は交通が便利で、ニュースの伝達も早いから、或る地方の流行は、瞬く間に、世界の隅隅にまで、行き渡ってしまいますね。

現在交通方便，消息的傳達也快，所以某一個地方的流行很快會傳到世界各個角落去的呢。

A　流行は、せいぜい服装方面だけなら、いいけ

希望流行儘量在服裝範圍之內，至於頽廢性的思想

れど、退廃的な思想とか、破壊的な行動とかの流行は、御免蒙りたいですね。

啦，破壊性的行動啦，這些流行眞不希望流進来啊。

B 同感です。

有同感呢！

七、交通

(一) 交通事故和車子

A 台北も、相当車が多くなりましたね。

臺北車子也相當多了。

B そうです。この二三年来、目立って多くなって来ましたよ。絶えず道路を広げ、新しい道も、作ったりしているけれど、車の増加には、敵わないようですね。

是的。這兩三年來很明顯地多起來了。不斷地擴大道路，也築了新道路，可是好像還趕不上車子的增加啊。

A 日本では、この一月下旬に、もう交通事故死亡者が、一千人以上になって、去年のその頃より、その数字が、上回っているそうですよ。

聽說，日本在一月下旬交通事故的死亡者，已經有一千人以上，比去年那個時候的數字超出了好多呢。

B 恐ろしい数字ですね。去年一年の数字は、一

多麼可怕的數字。我記得去年一年間的數字是一萬

A　万六千余りと覚えていますが。
六千多啊。

A　この現象は、心配すべきですね。
這現象可令人擔心呀。

B　世が、文明になればなる程、私達の命が、脅かされるのは、矛盾していますね。
世界越文明我們的生命越會受到威脅，眞太矛盾啊。

A　車を運転する人も、歩行者も、もっと交通規則を守るように、政府が強要する必要が有りますね。
政府機關有須要强求駕車的人和走路的人都應多多遵守交通規則呢。

B　厳罰主義も、又已むを得ないんですよ。
嚴罰主義也是不得已的。

A　現代社会生活に適応するには、幼児の時から、交通に関する知識を、注入しなければなりませんね。
要適應現代社會的生活，必須從幼兒的時候就灌注關於交通的知識呀。

B　同感ですね。
有同感啊。

A　又乗り物の種類が、多くなって、皆歩かなくなりましたね。誰かが、現代人は、歩く喜びを失ったと、言っていますが。
交通工具的種類也多起來，大家都不走路（步行）了。是誰說的呢？現代人已經失去了走路的樂趣了。

B　そうですよ。それでゴルフする人達は、日頃、車ばかり乗っている連中が主で、毎日の
是啊。因此玩高爾夫的人們大部分是平常老是坐車的一群，而要以玩高爾夫來補充平時缺少的跑路

欠けている〝歩く〟を、ゴルフで補おうというのでしょうね。　吧。

A　以前車に乗るのが、贅沢に考えられていたが、今は時間が、何よりも尊くなって来て、車によってセーブしよう、と言う考えにもなって来たんですね。　過去，坐車子一般認為是一種奢侈，可是現在時間比什麼都來得寶貴，所以才想到利用車子以節省時間呢。

B　本当に世の移り変りは、面白いですね。　世界的轉變實在很有趣呀。

(二) 巴　士

A　このバスは、銀座四丁目に行きますか。　這班巴士要去銀座四丁目（四段）嗎？

車掌三号のバスにお乗り下さい。　請坐（乘，搭）三號巴士吧。

A　この停留所で、いいんですか。　在這車站可以嗎？

車掌そうです。　是的。

A　直ぐ来ますか。　馬上會來嗎？

車掌五分毎に参ります。　每五分鐘一班車。

A　有り難う。　謝謝。

A　このバスは、銀座四丁目に行きますか。　這班巴士要去銀座四丁目嗎？

車掌　はい参ります。　　是，要去的。
　　切符をお願いします。　　請買車票。

A　お幾らですか。　　多少錢？

車掌　二十円頂きます。　　要二十元。

A　はいこれを。　　好，這兒。「錢給妳」

A　始めてですから、着いたら、お知らせ下さいませんか。　　因爲我「乘這車」是頭一次，所以到的時候請告訴我吧。

車掌　畏まりました。　　好的。

車掌　銀座四丁目でございます。　　是銀座四丁目。
　　お客さん、此処ですから、お降り下さい。　　先生（太太，小姐），是這兒，所以請下車吧。

A　どうもお世話さんでした。　　眞麻煩妳了。（謝謝妳）

（三）　地下鐵道

A　私は、東京の地下鉄に乗るのは、これが始めてです。　　我坐東京地下鐵道的車子，這是頭一次。

B　乗り心地は、どうですか。　　坐得舒服不舒服？（坐的感覺怎麼樣？）

A　すばらしいですね。東京オリンピックの為　　好極了。聽說爲了東京世運才大大擴大的，是嗎？

B　に、大分拡張したと聞いているが。

B　そうです。沢山線路が出来て便利になりましたよ。　是的。增設了許多路線，方便多了。

A　地下鉄の地図を見ると、随分方々遠くまで、通じていますね。　照地下鐵道的地圖看來，通到很遠的好多個地方哪。

B　ええ、地上の交通状態が、とても酷いので、地下鉄を利用する人が、益々増えて来ましたよ。　是啊。因爲地上的交通情況非常擁擠，所以利用地下鐵道的人越來越多了呢。

A　あなたも地下鉄で、会社にいらっしゃるのですか。　你也坐地下鐵道的車子到公司去嗎？

B　ええ、この方が、とても早いから、何時も乗っています。　是的，因爲這邊非常快，所以經常坐。

A　お宅から会社まで、何分掛かりますか。　由家裡到公司要幾分鐘。

B　大体四十分位ですね。　大概是四十分左右啊。

A　混みますか。　擁擠嗎？

B　それは混みますが、然し、まだ外の乗り物より、楽ですね。それに何と言っても、時間の　當然擁擠，可是比起其他車子還眞舒服呢。無論如何，能節省時間給我很大的幫助。

節約が出来て、助かっています。

A　台湾は、まだ地下鉄は有りませんが、地下鉄の工事は、とても大変のようですね。

臺灣還沒有地下鐵道，地下鐵道的工事好像是件非常龐煩的事呢。

B　地上物の沢山有る土の下を、掘るのですからね。地下鉄工事の爲に、家が傾いたとか、ガスパイプや、水道管等が、破裂したとか、沢山事故が有りましたよ。

因爲有很多地上物的下面要挖掘嘛。爲了地下鐵道的工事，房子歪倒了，瓦斯管啦，自來水管啦等等都因此破裂了，發生許多事故呀。

A　そうでしょうね。

眞是如此吧。

B　もうこの次の駅ですよ。

快要到站了。（下站要下車了）

A　そうですか。本当に早く着きますね。地上の乗り物でしたら、この倍の時間は、掛かるでしょうか。

是嗎？眞的很快就到了。要是地上的車子也許要加倍的時間吧。

B　ええ、ゴー・ストップ等で、時間は取られるし、スピードは出せないしで、どうしても、倍は掛かりますね。

嗯，因爲給紅燈綠燈拖延時間又不能加速，所以怎麼快也要加倍的時間啊。

A　ターミナルの上が、デパートだから、なか〱便利で、いい事を、思いついたもんですね。

終點上面就是百貨店，所以非常方便，眞是個好主意呢。

B　ええ、主婦達は、買い物が楽になりましたよ。

是的，主婦們買東西方便多了。

八、通信

(一) 在郵局

⑴買郵票

A　あの！六十円の切手を五枚、三十五円の切手を、十枚下さい。それから序でに、アジアの航空封緘はがき（簡易手紙）をも、三枚下さいませんか。

喂，給我六十元的郵票五張，三十五元的郵票十張吧。還順便給我三張亞洲航空郵簡吧。

局員　六十円のを五枚、三十五円のを十枚、それから五十円の封緘はがきを三枚ですね。三百円、三百五十円、百五十円と皆で、八百円になります。

六十元的五張，三十五元的十張，以及五十元的郵簡三張嗎？三百元、三百五十元、一百五十元，一共八百元。

A　じゃ千円で……。

那麼這張一千元……。

局員　はい二百円のお釣りです。　是的，找你兩百元。

Ａ　それから、一寸お伺いしますが、日本国内では、封書は幾らですか。　還要請問你一下，在日本國內寄一封信要多少錢？

局員　十円です。　十元。

Ａ　絵葉書は？　繪圖明信片呢？

局員　五円です。　五元。

Ａ　分かりました。有り難うございます。　知道了。謝謝。

⑵寄郵包

Ａ　この小包を、お願いしたいんですが。　這件郵包想要拜托呢。

局員　どちらへ、お出しになるんですか。　要寄到什麼地方去？

Ａ　台湾です。　臺灣。

局員　じゃ、三番の国際郵便の窓口へ、お出でになって下さい。　那麼，請到三號國際郵件的窗口去吧。

Ａ　はい。　好。

Ａ　これをお願いします。　這個拜托。

局員　中は何ですか。毀れる物では有りません　裏頭是什麼東西？是不是易破的東西？

か。

A いいえ、衣類です。　　不，是衣服。

局員 船便ですか。航空便ですか。　　是水運呢？還是空運？

A 船便です。　　水運。

局員 書留になさいますか。　　要不要掛號。

A そうですね。じゃ、書留にお願いしましょう。　　這個嘛，那麼，請你掛號吧。

局員 隣の四番の窓口で二百三十円の切手を、お買い下さい。　　請在隔壁四號窗口買兩百三十元的郵票吧。

A 二百三十円の切手を下さい。　　給我兩百三十元的郵票吧。

局員 はい二百三十円の切手。三百円頂いたから、七十円のお返しですね。　　好，兩百三十元的郵票。你給我三百元，所以找錢找回七十元。

A 有り難う。　　謝謝。

A 二百三十円の切手ですが。　　「這」是兩百三十元的郵票。

局員 はい。これが小包の控えですから、御保管下さい。　　好的。這張是郵包的收據，請保留吧。

A 大概何時頃に届き（着き）ますか。　　大概什麼時候會到達？

局員　そうですね。二週間後と思いますが。　　這個啊。我想兩星期之後吧。

A　そうですか。お世話さんでした。　　是嗎？麻煩你了。

(3)打電報

A　台湾へ、電報を打ちたいんですけれど。　　想要打電報到臺灣去呢。

局員　この用紙に、ブロック書体でお書き下さい。　　請用印刷體寫在這張紙上吧。

A　これでよいでしょうか。　　這樣子可以嗎？

局員　はい結構です。　　是的，可以啊。

A　料金は、どの位掛かりますか。　　費用（電報費）要多少？

局員　二十二語までが、六百円で、それから、一語増す毎に、四十円追加されます。これは三十語ですから、九百二十円になりますね。　　二十二個單詞以內是六百元，然後每增加一個單詞「給」加算四十元。這張是三十個單詞，所以要九百二十元呢。

A　大体、何時頃に着きます？　　大概什麼時會到達？

局員　今は十時ですから、午後二時には、着くと思います。　　現在十點鐘，所以我想下午兩點會到達。

A　そうですか。じゃ、一千円をお上げします。　　是嗎？那麼，一千元給你。

局員　お釣りが八十円になります。　　找錢八十元。

(二) 電　話

(1)

A　もし〳〵、銀座の山村カメラ店ですか。　　喂喂，是銀座的山村照相機店嗎？

相手　違います。こちらは山川書店です。　　不是。（錯了）這兒是山川書店。

A　失礼しました。　　對不起。

(2)

A　もし〳〵、案内係りですか。　　喂喂，訊問臺（處）嗎？

交換手　はいそうです。　　是的。

A　銀座二丁目の、山村カメラ店の電話番号を、知りたいんですが。　　想要知道銀座二丁目（二段）山村照相機店的電話號碼。

交換手　少々お待ち下さい。　　請稍等一下。

もし〳〵、お待たせしました。山村カメラ店は、五八二の二八六四番です。　　喂喂，讓你久等了。山村照相機店是五八二的二八六四號。

A どうも有り難う。　多謝。

交換手 どう致しまして。　哪裡！

(3)

A もし〳〵、東京電機さんですか。　喂喂，東京電機嗎？

交換手 はいそうです。　是的。

A 製作部主任の本田さんに、お願いします。　請接給製作部主任本田先生。

交換手 生憎ですが、本田さんは今おりませんが。　對不起，（不湊巧）本田先生現在不在哪。

A 何時頃に、お帰りになりますか。　什麼時候會回來？

交換手 三時頃です。　三點左右。

A それでは、お帰りになったら、三光公司の*A*から、電話が有ったと、お伝え下さい。お願いします。　那麼他回來的話，請轉告他三光公司的*A*曾來過電話。麻煩（拜托）妳啊。

交換手 三光公司の*A*さんでいらっしゃいますね。畏まりました。　是三光公司的*A*先生嗎？好的。（遵命）

(4)

A　もし／＼、山田さんのお宅ですか。
喂喂，山田先生的公舘嗎？

家人　はい山田でございます。
是，是山田家。

A　私は、台湾から来たAですが、御主人は、いらっしゃいますか。若し、いらっしゃいましたら、一寸お電話口まで、お願いします。
我是從臺灣來的A，先生在嗎？要是在的話，請他聽電話。「一下」

家人　暫くお待ち下さいませ。
請稍等一下。

山田　もし／＼、Aさんですか。
喂喂，是A先生嗎？

A　おお　山田さん、Aです。
喔，山田先生，我是A。

山田　今、何処から、電話を掛けていらっしゃいますか。
現在是從哪兒打電話來的呢？

A　オリエントホテルからです。
從東方大飯店。

山田　何時、日本にいらしたんですか。
什麼時候到日本來的？

A　昨晩遅く、着いたんです。会社の用事で、出て来たんですが、一寸お目に掛かりたいと思って。
昨晚，很晚才到達。是爲公司的業務來的，很想要見你一面哪。

山田　スケジュールは、どんなになっていますか。

你的日程表是怎麼安排的。

A　今朝は、人が来る約束ですが、午後からは、ずっと空いています。明日一日は、あちこち行って、交渉しなければならないし、明後日からは、二三日、関西の方へ行く予定です。

今天早上約了人來，從下午起一直有空。明天整天要到各處去交涉業務。從後天預備到關西方面去兩三天。

（註　あちこち＝あっちこっち）

山田　私は、これから会社へ行く所ですが、午後会社が終わったら、早速ホテルの方へ、お伺いしましょうか。

我正要到公司去，下午公司下班就馬上到飯店去拜訪你吧。

A　そうして頂くと、大変好都合です。ホテルで、御一緒に食事をしながら、お話しましょう。

那麼麻煩你，眞好極了。（很方便），在飯店一起邊吃飯邊談談話吧。

山田　六時までに、そちらへ着けると思いますから。

我想六點以前能到達那邊。「所以請你等着」

A　では、六時前後に、コビーで、お待ちしています。

那麼六點左右在走廊（休息室）等你。

山田　では後程に。

那麼回頭見。

A　はい、さようなら。　　好，再見。

九、運動

(一) 棒球

A　この頃台湾は、野球が盛んですね。　　近來臺灣棒球很流行呀。

B　そうです。殊に少年の野球が、盛んになりましたね。　　是的。尤其是少年棒球非常盛行呢。

A　なかなか強いと、聞きましたが。　　聽說好强啊。

B　一昨年は、アジアを代表して、アメリカに行って戦って勝ったんです。去年も、やはりアジアを代表して、出掛けたけれど、惜しいことに、ニカラグア隊に、二対三で、負けてしまいました。　　前年代表亞洲，去美國比賽得到勝利。去年也仍然代表亞洲去了，可是很可惜，以二比三敗給尼加爾瓦隊了。

A　それは惜しかったですね。　　那太可惜了呀。

B　左利きの投手に、やられたんですが、勝負は、何時も勝つとは、決まっていませんから　　給左撇子的投手打敗了，比賽總不一定老是赢的呀。

ね。

A　そうですよ。負けてもそれは、又一段、上達する元になるんですよね。どちらが勝つか、分からない。これが張り合いの元で有り、興味の中心なんですからね。

當然如此啊。雖然輸了，但會因此而更進步呀。不知道哪一隊會贏，這才是彼此起勁的緣故和興趣的焦點呢。

B　今年、少年野球のアジア代表隊を、台湾で試合して、選抜する事になっているので、今から、そのグラウンドや、各国選手の泊まる所等の準備を、始めていますよ。

今年將在臺灣比賽並選出亞洲代表隊，所以自現在起就開始準備球場啦，各國選手住的地方啦等等。

A　なか／＼大変な事ですね。

是件非常重大的事情啊。

B　日本は、プロ野球が盛んですが、何だか選手の中に、八百長が有ったと、問題になりましたね。

日本職業棒球很流行，可是選手之中有些好像因爲行爲不止而有了問題，是嗎？（註　八百長＝摔角體育等比賽，先商量誰輸誰贏的）

A　どうも悪く利用されたようで、残念でしたね。競技は、飽くまでも、フェアでなければね。

好像被利用到壞的方面去的樣子，眞遺憾呢。競技必須徹底地正正當當的呢。

B　巨人隊が、去年六連勝して、日本一に強い名

巨人隊去年連續六次獲勝，保持了日本第一强的榮

誉を、保ち続けましたね。

譽啊。

A　王選手が、相変らず善打して、最優秀選手に選ばれてね。偉いもんですよ。

王選手依然因打得好而被選爲最優秀的選手啊。實在眞偉大呢。

B　本当に！

眞的！

(二) 其他運動

A　あなたは学生時代、運動で、何かなさいましたか。

你學生時代，在運動方面做些什麼？

B　私は小学校の時、フットボールをやっていたが、親達が、選手になるのを、賛成しなかったもんだから、何時も内所でやっていましたよ。不断は、殆ど練習をしないで、試合の時だけ出たりして。中学、大学もずっとフットボールの方に、籍を置いていました。

我在小學時代踢足球，可是父母親反對（不贊成）我當選手，所以常常偸偸地踢呢。平常差不多沒有練習，只在比賽的時候才出場的。在中學，大學的時候也一直是足球隊的隊員。

A　私は学生時代、バスケットボールのガードを、勤めていたが、時たま、試合が有る前に、練習をやるだけで、不断も余りやってい

我在學生時代，當了籃球隊的後衞，偶爾在比賽前才練習，平常也不大練習呢。

ませんでしたね。

B　中学の時、水泳の競争大会に出て、二等を貰った事が有ったけれど、只、面白半分で夏の間、一寸泳ぎに行く程度ですね。

中學的時候有一次參加了游泳比賽大會而得到了二等獎，可是也只是半玩性質的夏天期間去游游泳而已。

A　私も、泳ぎは好きでしたが、下手の横好きで、物になっていません。又一頃、ボディービルに熱中して、その訓練所に行った事も、有ったけれど、三日坊主で、間もなく止めてしまいましたよ。

我也喜歡游泳，可是我是屬於笨者偏好事之例，沒有成果。又有一段時間熱中於鍛鍊身體，也去過那訓練所，可是沒有常性，不久就停下來了呢。

(註　三日坊主＝沒有常性的人)

B　運動をするのも、やはり根気がないと、いけませんね。

運動也仍然需要有恒心呢。

A　然し、本格的の選手になると、相当苦しいものですね。

不過當了正式的選手就相當苦啦。

B　選手になって、名を轟かすより、普通は、健康保持の程度の、運動でよいと思うけれど、どうでしょうか。

我想，平常做保持健康程度的運動比當選手名震天下較好呢。你認爲怎麼樣?

A　そうですね。

對啊。

十、教育、文化、趣味、娯樂等

(一) 教育

A　台湾の学制は、アメリカ式のようですね。

臺灣的學校制度好像是美國式的，是嗎？

B　名称は、少し違うかも知れないが、大体、編制は似ていると思います。六才入学で、小学六個年、初級中学三個年、高級中学三個年、大学四個年になっています。小学六個年と、初級中学三個年は、義務教育で、二三年前から、義務教育期間が、九個年に延長されたのです。

名稱稍有不同，可是我想，編制大體是相似的。六歲入學，小學六年，初中三年，高中三年，大學是四年。小學六年和初中三年是義務教育，兩三年前才開始延長變成九年的。

尚此の外に、高級工業、商業、農業等の、職業学校が有り、初中卒業から入る五年制、高中卒業から入る三年制の、専科学校が有ります。

此外，還有高級工業，商業，農業等職業學校，有由初中畢業才進去的五年制專科學校，和由高中畢業進去的三年制專科學校。

A　学期も、二学期に分かれているとか。

聽說學期也分爲兩期，是嗎？

B　そうです。九月から一月までと、二月から七月までの二学期ですね。日本はどんなですか。

是的。是從九月到一月和從二月到七月的兩個學期呢。日本是怎樣的呢？

A　日本は三学期ですね。四月から七月までが第一学期、九月から十二月までが第二学期、一月から三月までが第三学期です。

日本分三個學期啊。從四月到七月是第一學期，從九月到十二月是第二學期，從一月到三月是第三學期。

B　台湾は、一番暑い時期に、入学試験が有るので、受験生が気の毒ですね。しかもたった一回の試験で、一生の行く道が、大体決定されるのだから、本人も親達も、大変気を揉むわけですよ。

臺灣是在最熱的時候擧行入學考試，所以考生眞可憐啊。而且只經過一次的考試，一生的前途差不多被決定了，所以考生本人和父母親當然會焦急嘛。

A　補習班のような物が、沢山見受けられるのも、無理はないですね。

可以看到許多像是補習班的地方，這難怪啊。（當然有理由呀）

B　そうです。教育当局も、よい入学試験方法を、あれこれと、研究しているのですが、今の所、まだ名案が出て来ませんね。日本は、どんなでしょうか。

是的。雖然教育當局曾種種研究理想的入學考試辦法，可是到目前，還沒有想到好主意出來呢。日本怎麼樣呢？

A　入学試験は、二月から、大体私立とか、国立とか、又は県立とか、多少の区分けは有るが、前後して有るから、幾つか受けられますね。でも、一流のよい学校に入りたい競争は、やはり変りなく、親も子も、こちらと同様大変ですよ。

入學考試從二月開始，大體說來私立啦，國立啦，縣立啦，多多少少有些區別，但是可以相繼而考，所以能投考幾個學校呢。可是要想進入一流學校，競爭仍然一樣（地激烈）父母和孩子都跟這兒相同，也是非常焦急啊。

B　今度の義務教育の延長の為に、国民小学生は、受験の責苦から、免れただけでも、大きな進歩で、幸せですね。

為了這次義務教育延長，國民小學學生能擺脫入學考試的折磨，只這一點就有很大的進步和幸福呀。

A　さし当り安心して、運動に力を入れて、体を鍛えられるし、野球の試合も、時々出来るしで、もう何年か経ったら、国民の体位向上として、はっきりした数字となって、現われるでしょう。

眼前能放心的盡力運動，鍛鍊身體，又常常可做棒球比賽等，再經過幾年的話，國民的體格進步而會有明顯的數字出現呢。

B　きっとそうですよ。

一定是那樣的啊。

(二)　文化（電視、電台）

A　今台湾に、テレビのチャンネルは、幾つ有りますか。

現在臺灣有幾個電視頻道呢？

B　三つ有りますね。台湾テレビ、中国テレビ、教育テレビです。どれも、全日放送ではないが、前に比べて、放送時間が、大分延長されましたね。

有三個哪。是臺灣電視，中國電視，教育電視。那個都不是整天的播送，可是比以前播送的時間延長些了啊。

A　日本も、相当チャンネルが有るが、中でも有名なのは、*NHK*、日本、富士等のテレビですね。多すぎると、却って何を見てよいやら、分からず、よく子供達は、チャンネルの取り合いをしますよ。

日本也有相當多的頻道，其中有名的是*NHK*，日本，富士等電視公司。太多反而不知道看什麼才好，孩子們都經常搶頻道哪。

B　そうですか。テレビのお陰で、世界で起こっている事柄を、目の当り見る事が出来て、便利ですね。先般、アポロ十四号の、月での濶歩、南太平洋での着水状況、又は去年の日本での、エキスポの色々の実況、太平洋向こうで、やっている少年野球試合の有様等、家

是嗎？由於電視的發達，能親眼看到世界各處發生的事情，眞方便啊。前些日子太陽神十四號的月球上的漫步，在南太平洋的着水情況，或去年日本世界博覽會的許多實況，在太平洋那邊的少年棒球比賽情形，都是坐在家裡就能看到了，所以覺得科學的進步眞値得感謝呢。

の中に居ながらにして、見る事が出来たんですから、科学の進歩は、有り難いと思いましたよ。

A　本当ですね。私の下宿している家の園丁は、よくトランジスターの音楽を、聞きながら、庭仕事をしているが、これは、いい思い付きだと、何時も見ています。

眞是啊。我寄居的家的園丁，常一面聽電晶體（小型）收音機的音樂，一面做院子裡的工作，我總是認爲這是個好主意。

B　トランジスターと言えば、もう必需携帯品みたいで、休みの日、家の前に立って、道行く人を眺めていると、大抵下げていますね。あちこち、ピクニックに行く時の、よい連れのようにして。

說起小型收音機，它好像已變成必須携帶品啦。假日站在家門口看過路人的時候，他們大部分帶着哪。它好像是帶到各處郊遊的良伴的樣子。

A　どっちにしても、テレビやラジオは、世界の文化の伝達とか、国民の教養とかに、大きな役を、務めているわけですよね。

無論如何，電視啦，收音機啦，對於世界文化的傳達，或者國民的教育擔負着很大的任務（做了很大的貢獻）呢。

B　精神生活の必需品という事ですね。

這是精神生活的必需品啊。

（三）趣味（讀書）

(1)

A　あなたの御趣味は、何ですか。

你的興趣是什麼?

B　読書ですね。暇が有ると、何時も、何か読んでいます。

看書啊。有空，就經常看些什麼的。

A　主に、何をお読みになりますか。

大部分看什麼呢?

B　別に決まっていませんが、随筆物とか、小説とか、経済雑誌とか、手当り次第に、読んでいます。

沒有一定，隨筆啦，小說啦，經濟雜誌啦，隨便看看身邊有的書呢。

A　誰かが、読書が一番健全な、又仲間を必要としない、人にも迷惑を掛けない、都合のよい趣味だと言ったけれど、本当にそうですね。

是誰說的呢?看書是一種最健全正經高尚的，又不需要伙伴，也不給人麻煩的非常方便的趣味，實在「說得」很對呀。

B　あなたも、本がお好きですか。

你也喜歡「看」書嗎?

A　ええ、大変好きですね。お金が有ると、つい本を買ったりして。

是的，非常喜歡啊。有錢就總是（不知不覺）買書。

B　どの方面の本が、お好きですか。
喜歡那方面的書？

A　色々語学の本を買ったり、文学の本を集めたりしています。
買種種語言學方面的書，也在蒐集文學方面的書。

B　どんな本を持っていらっしゃるか、一度見せて頂けませんか。
你有那些書呢？能不能讓我看看？

A　ええ、よいですとも。何時でもお出で下さい。大歓迎します。
嗯，當然可以啊。任何時候都可以請你來。非常歡迎啊。

B　それじゃ、その中に。
那麼不久就會去的呀。

A　お出での時、先にお電話でも下さったら、お待ちしております。
來時，請先給我一個電話，我會等你。

B　ええ、是非御連絡します。
好的。一定會「跟你」連絡。

(2)　AB是女性

A　何を、読んでいらっしゃいますの？
妳在看什麼呢？

B　三浦綾子さんの〃氷点〃ですの。
是三浦綾子女士的〃冰點〃啊。

A　日本文の方ですね。
日文的，是不是？

B　そうですの。日本にいる友達が、今此れがべ
是的。在日本的一位朋友說，這本是現在最暢銷的

ストセラーだからと言って、送ってくれたんですが、もうお読みになりました?
書而寄來給我的。妳已經看過了嗎?

A　いえ、まだですの。只人の噂を聞いただけで、その中に、一度読みたいとは、思っているけれど。
還沒有呢。只聽人家說說（批評，消息）而已，以後想要看一看哪。

B　じゃ読み終わったら、お貸ししましょうか。もう直ぐ終わりますから。
那麼我看完就借給妳吧。因爲快要看完了呢。

A　じゃ、お願いしますね。
那麼拜托妳啊。

(四)　娯　樂

(1)電　影

A　*B*さん、映画はお好きですか。
*B*先生（小姐）你喜歡看電影嗎?

B　嫌いじゃないけれど、ここ数年来、余り見ていませんね。
不是不喜歡，只不過這幾年來很少看哪。

A　そうですか。私は週に一度位は行きますね。
是嗎?我一星期差不多看一次。

B　切符を買うのが、大変とか聞いたが、そうで
聽說買票眞麻煩，是不是這樣呢?

も有りませんか。

A 映画館を経営している親類が、何時も切符をくれるので。
因爲有一位經營電影院的親戚常給我票所以…。

B 道理でよく御覧になると思いましたよ。
怪不得你常看啊。

A 只だから、英語の勉強がてら、という事で。
因爲免費，所以可以順便練習英語。

B それはいい思い付きですね。夏は、冷房装置の中だから、避暑も兼ねてね。
那是個好主意啊。因爲夏天在冷氣設備之中，所以同時兼避暑嘛。

A 一挙両得でなくて、三得ですか。
不是一舉兩得，而是一舉三得，你應這麼說，是不是？

B 私は、あの並んで切符を買うのが、時間が勿体ないと思うし、闇を買うのも癪に障るしで、行かないんです。今では習慣になって、今度は、人が切符を下さっても、行かないで、外の人に上げていますよ。
我覺得排隊買票的時間眞可惜，又不願意（討厭）買黑市（黃牛）票，所以才不去的。現在變成習慣了，以後人家送了票也不去，却再轉送給別人呢。

A 何時も、そう机の前にばかり、坐っていないで、時たま、映画でも御覧になったら、気分転換になって、よいと思います。
不要天天老是坐在桌子前面，有時候看看電影的話，我想有利於心情的轉變啊。

B　そうでしょうか。何処へも出億劫になってね。

是嗎？什麼地方都懶得出去哪。
（註　億劫＝感覺麻煩，不起勁）

(2)麻　雀

A　麻雀如何ですか。

麻雀牌會不會？

B　少し出来るけれど、余りやりません。あなたは？

會一點兒，可是不經常玩。你呢？

A　私は子供の頃、人に教えられて、した事を覚えているが、大きくなってから、弄った事も、見た事も有りませんね。

我記得小時候，「給」人家曾教過玩法，可是長大以後，摸也沒摸過，看也沒看過哪。

B　味を覚えると、止められないと、聞いているから、敬遠しているんですが。

聽說嚐出滋味來就不能擱下，所以我敬而遠之呢。

A　勝負事は、程よい程度に、押えて置くという事が、難しい物で、つい引きずられて、ずるずると、深入りしてしまいますね。

賭博（比賽）很難控制到適當的程度，不知不覺間被引誘，拖拖拉拉地深入了呀。

B　私は、意志薄弱の方だから、深入りしたら、抜けられないと思って、警戒しているわけ

我是個意志比較薄弱的人，深入的話，我就不能脫身出，所以才自己在警戒着哪。

で。

A それはいい事ですね。君子は危きに近よらずという教えも有るから。
那很好啊。有君子不近危的教訓嘛。

B でも、或る人は、こんな楽しみも知らない堅物と、笑っているかも知れませんよ。
可是也許有些人在譏笑我是個這樣的樂趣都不知道的固執人吧。

A 人に依って生活態度は、色々違ってよい筈だけれど、容易に、生活に破綻を齎すような趣味やら、娯楽やら、私は避けるべきと思いますね。
每個人的生活態度當然可以有種種的不同，可是我覺得容易導致生活破裂的興趣啦，娛樂啦，都應該避免才好。

B 私もですが。
我有同感呢。

十一、商店購物

(一) 衣著類銷售部

店員 何か、お入用でございますか。
您要什麼東西？

A シャツを見せて下さいませんか。
給我看看襯衣吧。

店員 畏まりました。どういお品で？木綿地、麻
好的。要什麼樣的東西？有棉布、麻布、絹布的，

地、絹地とございますが、白地ですか。それとも色物ですか。

要白色的呢？還是有顏色的呢？

A 青か、薄茶の麻地と、木綿地のを、一寸見せ下さい。

把藍色或者淡茶色的麻布和棉布給我看看。

店員　この辺が、この頃よく出ます物で。又どんなにお洗濯なさいましても、色は、絶対に変わりません。

這些最近銷路很好。而且怎麼洗顏色都絕對不會褪的。

A こちらの色の方が、好きですね。お幾らですか。

我比較喜歡這邊的顏色呢。多少錢？

店員　カラーのお寸法は、どの位ですか。

領子的尺寸多少？

A 十五インチです。

十五英吋。

店員　十五インチですと、一千二百円になります。

十五英吋就要一千兩百元。

A そうですか。少しは勉強出来ませんか。

是嗎？能不能便宜一點兒呢？

これが本当の値段で、どうにも負けられませんが。

這是眞正的價錢，怎麼也不能減少的。

A じゃその手の十五インチを、三枚包んで下さ

那麼這種「類」十五英吋的給我包三件，這襪子順

い。序でにこの靴下を二足、貰って行きましょう。私に丁度よいでしょうか。
便拿兩雙吧。我合適不合適？

店員 これは、伸び縮みが利きますので、どなた様にも合います。
這伸縮自由，所以誰都適合的。

A 皆でお幾らですか。
一共多少錢呢？

店員 千二百円のが三枚で、三千六百円、お靴下は四百円ですから八百円、合せて四千四百円になります。
一千兩百元的三件，三千六百元，襪子一雙四百元，所以八百元，一共四千四百元。

A じゃ五千円でどうぞ。
那麼這是五千元，請。

店員 六百円お返しになりますから、一寸お待ち下さいませ。
要找六百元，所以請稍等一下。

店員 これがお釣りでございます。シャツもお靴下も皆、この袋の中にお入れ致しましたから。
這是找回的錢。襯衣和襪子統統都放在這袋子裡了。

A お世話さんでした。
麻煩你了。

店員 毎度有り難うございます。
謝謝您的惠顧。

(二) 婦女用品出售部

A　一寸した、手軽なお土産にしたいのですが、何がよいでしょうか。

想要作爲小小（簡單）的禮物用，什麼較好呢？

店員(女)　さようでございますね。御婦人方にでございますか。

嗯，這個啊。是要給女士們的嗎？

A　そうです。

是的。

店員　本デパート特製の、このマジックハンガーは、如何でございましょう。これは、皆様にお土産物として、大変喜ばれております。お値段も、色々ございまして、又御携帯にも便利でございます。

本百貨公司特製的魔術鈎（掛手提包的鈎子）怎麼樣？這種作禮品非常受大家的歡迎呢。價錢可分好多種，而且携帶方便。

模様も色々ございまして、どうぞ御覧下さいませ。この模様は、一寸可愛うございましょう。

也有各種的花紋請看看。這花紋有些兒可愛吧。

A　そうですね。

是的。

店員　お値段は、この所が六百円、こちらは、細

價錢這種是六百元，這邊的工藝精細些，所以定價

工が少し細かくて、一千円になっております。これは八百円でございます。

一千元。這是八百元。

A　じゃ、この六百円のを三つ、八百円のを二つ、一千円の、この色合いのを二つ、お願いします。

那麼，這六百元的三個，八百元的兩個，一千元的這種顏色的兩個，拜托啊。

店員　畏まりました。お色合いも、色々変わったのに致しましょうか。

好的。顏色也選各種不同的吧？

A　お願いします。

麻煩（拜托）妳啦。

店員　外に何か、又お入り用な品は？この種類のブローチは、最新のデザインで、今大変流行っております。如何でございましょう。

其他還要什麼東西？這種別針是最新的圖樣（設計），現在非常流行，好嗎？

A　大変お商売上手ですね。じゃ、それをも一つ頂きましょう。

妳很會做生意啊。那麼，拿一個吧。

店員　有り難うございます。

多謝您。

A　一寸お勘定をして下さい。

請算一算。

店員　六百円のを三つ、千八百円、八百円のを二つ千六百円、千円の二つ、二千円、それから、そ

六百元的三個，一千八百元，八百元的兩個，一千六百元，一千元的兩個，兩千元，還有那個別針

のブローチは、やはり千円で、皆、合せて六千四百円頂戴致します。
也是一千元，一共要六千四百元。

A　六千四百円ですね。
六千四百元嗎？

これが六千円の札、それから、百円玉を四つ、上げましょう。
這些是六千元的鈔票，還要給妳一百元的硬幣四個。

店員　有り難うございます。皆お贈物として、お包みして参りますから、暫くお待ち下さいませ。
眞謝謝您。統々要包起來作爲贈送的禮物，所以請稍等一下。

A　はい。
好的。

店員　大変お待たせ致しました。これが、領収書でございます。
讓您久等了。這張是收據。

A　お手数を掛けました。
麻煩妳了。

店員　毎度有り難うございます。
謝謝經常的惠顧。

(三)　書　店

A　あのー、日本の口語文法を、簡単に、分かり易く書いた本が、有りますか。
哦，有沒有日本口語文法寫得簡單而容易懂的書？

店員　口語文法ですか。一寸探して見ましょう。
是口語文法嗎？我來找找看吧。

これは、白石さんの〃日本口語文法〃と、今泉さんの〃国文法の研究〃というのですが、一寸御覧下さい。この今泉さんの方は、文語の文法も入っていますので、高等学校の学生さんにも、よく読まれています。

這是白石先生的〃日本口語文法〃和今泉先生的〃國文法的研究〃，請看一看。這本今泉先生的也有文言的文法在裡頭，所以高中的學生也經常讀的。

A　そうですか。

是嗎？

店員　もう一種類、これは講座になっています。六冊が一揃いです。白石さんのこの本は、最近出て来たばかりです。

還有一種是作爲「大學」講座形式的講義錄。六册一套。白石先生的這本書是最近才出版的。（剛出來的）

A　じゃ、この白石さんのを、貰う事にしましょうか。外に、日本語の字典に、何がいいですか。

那麼買（拿）白石先生這本吧。以外日語的字典是哪種好呢？

店員　広辞林とか、講談社の国語辞典は、如何でしょうか。

廣辭林啦，講談社的國語辭典啦，要嗎？

A　広辞林は持っています。この講談社のは、持って歩くのに、便利だから頂きましょう。

廣辭林已經有了。這本講談社的携帶方便，所以買了吧。

店員　はい。文法の方は、四百五十円、国語辞典

好的。文法四百五十元，國語辭典六百元，剛好一

A　は六百円で、丁度千五十円になります。

千五十元。

千百円で、お釣りを下さい。

給你一千一百元，請找錢吧。

店員　早速お包みして、お釣りを持って来ますから、少々お待ち下さい。

馬上去包再拿找回的錢來，所以請稍等一下。

お待遠様でした。五十円お返しです。有り難うございました。

讓你久等了。找給你錢五十元。謝謝你了。

十二、醫院、理容院

(一) 醫　院

(1) 探　病

A　お悪くて入院と、聞いたので、吃驚して飛んで来ました。一体どうなさったんですか。

聽說你身體不好進了醫院，所以嚇了一跳趕快跑來的。你到底怎麼了?

B　昨晩外で、お魚の料理を食べてから、急にお腹が痛くなり出して、吐くやら、下るやらで。

昨天晚上，在外面吃了魚做的菜以後，突然肚子疼起來，吐啦，拉肚子啦。

A それはお大変でしたね。今はどんなですか。
那不得了啊。現在怎麼樣呢?

B 昨夜皆に此処へ担ぎ込まれてから、早速灌腸して貰ったり、注射して貰ったりして、今朝からは、すっかり収まっています。
昨夜被大家扛來這裡然後給灌腸啦，打針啦等等，從今天早上起，就完全停止了。

A それはよかったですね。あのお魚が、悪かったんでしょう。
那好極了。大概是那個魚不好吧。

B どうもそうらしかったんです。少し古いなとは、一寸感じたんですが、こんな酷い目に会おうとは、思っても見ませんでした。
好像是那樣的。雖然我覺得它有一點不新鮮，可是眞想不到會吃這麼厲害的苦頭。(遭遇)

A でもこれ位で済んで、不幸中の幸いかも知れませんね。
不過就這樣了事，也許是不幸中的大幸吧。

B そう思えば、自分で自分を慰める事になりますね。
這樣想就是自己安慰自己呀。

A 今は何を食べていらっしゃいますか。
現在吃什麼呢?

B お粥に半熟の卵とか、でんぶ類とか、消化のし易い物を食べています。
在吃稀飯和半熟的蛋啦，肉鬆啦，容易消化的東西。

A 日頃お丈夫だから、食欲さえ出たら、直ぐ直
你平常很健康，所以只要有食慾很快就會復原的

りますよ。案外お元気で、安心しました。でも、まあ御用心下さい。
啊。想不到你精神非常好，所以我就放心了。不過還得要保重啊。

B 明日から普通食でよいと、言われたから、もう大丈夫です。
醫生說明天起可以吃普通的飯，所以已經不要緊了。

A 余りお邪魔してもいけないから、これで失礼します。
不要打擾太久，所以我告辭啦。

B お忙しい中を、済みませんでした。皆さんに宜しくね。
百忙之中，很對不起。請代向大家道謝。(問好)

A ええ、お大事に。
好的。多珍重啊。

(2) 看　病

A 先生いらっしゃいますか。
大夫在嗎?

看護婦 いらっしゃいますが、今診察中です。
在，可是現在在診療中呀。

A 先生に、一寸診て貰いたいんですが、お取り次ぎ願います。
想要請大夫看病，拜托妳轉達一下啊。

看護婦 それでは、お名前とお年、御住所をお聞かせ下さい。
那麼請告訴你的名字，年齡和住址吧。

A　書きましょうか。

我寫好嗎？

看護婦　では、どうぞこの用紙に、お書き入れ願います。

那麼請塡寫這張紙啊。

A　これでよいでしょうか。

這樣可以嗎？

看護婦　結構です。それでは、控え室で一寸お待ち下さい。係りの人が、お名前を呼びましたら、診察室へどうぞ。

好的。那麼請在休息室等一下。辦事人叫「你的」名字時，請到診療室去吧。

A　はい。

好的。

医者　Aさんですね。

A先生嗎？

A　はいそうです。

是的。

医者　何処がお悪いんですか。

什麼地方不舒服呢？

A　二三日前から、体が懈くて、食欲が無いんです。そして吐き気が有ります。

兩三天以來，身體懶倦而沒有食慾，還有一點想吐的感覺。

医者　熱は？

熱呢？（有沒有發燒？）

A　計って見ませんが、多分無いと思いますけれど。

沒量過，可是大概沒有吧。

医者　一寸計って見ましょう。頭は、痛く有りま

我量量看吧。頭會不會疼？

せんか。

A 一寸痛く感じる時も有るし、感じない時も有ります。
有時候感覺有一點兒疼，有時候不感覺疼。

医者 便通は？
大便通不通？

A 昨日から有りません。
從昨天以來沒有過。

医者 少し熱が有りますね。七度五分です。
有一點發燒。是七度五。

A 自分じゃ、何にも感じませんが。
自己倒是沒有感覺什麼。

医者 熱に強い人も有るし、弱い人も有るしで。一寸その台の上で、横になって見て下さい。
有的人對發燒有抵抗力，有的人沒有。請在那個臺上躺一下。

A はい。
好的。

医者 着物のボタンを外して。此処は、こうして押えても痛く有りませんか。
把衣服的鈕扣解開一下。這兒這樣按會不會疼？

A 痛く有りません。
不疼。

医者 此処は？
這兒呢？

A 痛く有りません。
不疼。

医者 胸の方を聴いて見ましょう。
聽一聽胸部吧。

深く息を吸い込んで、それから吐いて。もう
深々地吸入然後吐出來。再做一次啊。（再反復一

一度それを繰り返して。

次）

今流行っているA型の感冒と思いますが、念の為、喉を見ましょう。さあ、口を大きく開けて下さい。少し炎症を起こしていますね。

我想是正在流行的A型感冒，可是爲了愼重起見看看喉嚨吧。請張開嘴啊。稍有發炎呢。

A　やはり感冒ですか。

還是感冒嗎？

医者　そのようですね。二日分程、お薬を上げるから、それを飲んで、様子を見て下さい。外は別に異状がないから、大した事はないと思いますよ。

好像是那樣啊。要給你兩天份的藥，所以請吃吃看吧。其他沒有可疑的地方，所以我想不大要緊呢。

A　そうですか。どうも有り難うございました。

是嗎？眞謝謝你。

医者　お薬は、今直ぐ作らせるから、控え室でお待ち下さい。

藥馬上叫他們配，所以請在休息室等一等。

A　はい。

好的。

(3) 理髪店

A　今日は。

你好！（喔！）

理髪師　いらっしゃいませ。

歡迎，歡迎。（請進來啊）

A　大分待たなければなりませんか。
要等很久嗎?

理髪師　いいえ、直ぐでございます。
不，馬上來。

どうぞお掛けになって下さいませ。
請坐啊。

大変お待たせ致しました。さあ、どうぞこの椅子の方へ。
讓您久等了。那麼請在這張椅子上坐啊。

A　刈って、洗って貰いたいのです。
是要「你給我」理一理，然後再洗呢。

理髪師　どんな風にお刈り致しましょうか。
要剪怎麼樣的型呢?(什麼髮型呢)

A　そろ〳〵暑くなるから、少し短目に刈って下さいな。
開始熱了，所以請剪短些。

理髪師　畏まりました。
好的。

この程度の長さは、如何でございますか。
這麼長怎麼樣?

A　ええ、大体この程度にして。
嗯，大概這樣。

理髪師　お髪をお洗い致しますから、恐れ入りますが、こちらへいらっしゃって下さいませ。
要洗頭髮，所以麻煩您到這邊來。

お湯は、少しお熱過ぎませんか。
熱水會不會太熱呢?

A　ええ　丁度いい加減です。
喔，剛好。

理髪師　さようでございますか。
是嗎？

　　はいもう済みました。又元のお所へ。
呀，已經洗好了，請再回原位啊。

　　お髪は、櫛だけ当てて置きましょうか。それとも、何かお付け致しましょうか。
頭髮只梳一梳就可以呢？還是給您抹什麼「油」呢？

A　そうですね。余りベト〳〵しない物を、何かベーラムでも少し付けて貰いましょうか。
嗯這…。還是請你抹些類似貝拉姆不太油膩的吧。

理髪師　はい出来上がりました。これでお気に召しますでしょうか。
喔，做好了。這樣您喜歡不喜歡呢？

A　結構です。如何程ですか。
好的。要多少錢。

理髪師　丁度四百円頂きます。
請給我「正」四百元。

A　じゃこれで、（給五百元）お釣りは要りません。
那麼這個，（給五百元）不要找錢啊。

理髪師　それはどうも毎度有り難うございます。
眞謝謝您經常的惠顧。

(4) 美容院

理髪師　いらっしゃいませ。
歡迎，歡迎。（請進來啊）

A　今日は。パーマを掛けて欲しいんですけれ
妳好（嗯！）。想要妳給我燙頭髮呢。

ど。

理髪師　どうぞこの椅子(いす)に、お掛け下さいませ。
請在這張椅子上坐啊。

A　はい。
嗯！

理髪師　お髪(かみ)をお洗(あら)いになりますか。
要洗髮嗎？

A　ええ、お願(ねが)いします。
是，請啊。

理髪師　大分(たいぶ)お長(なが)くなりましたね。
相當長了。

A　この前(まえ)は、何時(いつ)お掛けになりましたかしら。
上次是什麼時燙的呢？

そうね、九月(くがつ)の始(はじ)めだったかしらね。そうだったら、もう三個月(さんかげつ)だけど。
嗯，是九月初吧？要是不錯的話，已經三個月了。

理髪師　もうそんなになりますか。じゃ、どうぞこちらへ。お洗い致(いた)しましょう。
喔，已經那麼久了嗎？請到這邊來。給您洗一洗。

今度(こんど)は、どんな風(ふう)にお切(き)り致しましょうか。
這次要剪什麼樣的髮型呢？

A　もう冬(ふゆ)だから、余(あま)り短(みじか)くない方(ほう)がいいんですが。
已經多天了，所以不要太短比較好啊。

理髪師　さようでございますね。これ位(ぐらい)は、如何(いかが)でございましょうか。
是啊。這程度好嗎？

A　ええ、これ位でいいでしょうね。　噢，這程度就可以吧。

理髪師　大変柔らかいお髪ですこと。　非常柔軟的頭髮呀！

A　そうでしょうか。私のは、パーマが掛かり難いのは、柔らか過ぎるからかしら。　是嗎？我的「頭髮」不容易燙是由於太柔軟的緣故嗎？

理髪師　そうとは限らないと、思いますけれど。液は、やはり一番よい物を、お使い致しましょうか。　我想不一定是那樣的呢。藥水還是「爲您」用最好的吧。

A　ええ、それにして下さいな。　嗯，請用那種啊。

理髪師　お熱く有りませんか。　燙不燙？

A　ええ少し、真中の所が熱いんですが。　嗯，中央稍微有點燙呢。

理髪師　ここでございましょうか。　是這兒嗎？

A　ええ、そこです。　嗯，對啦。

理髪師　もうお宜しいんでしょうか。　已經不燙了嗎？（好了嗎）

A　ええ。　是的。

理髪師　最近こんな写真のヘアスタイルが、流行っているようですけれど、こんなのになさいますか。　最近這張相片上的髮型像是很流行呢，要不要做這樣的髮型？

A　そうですね。私に似合うかしら。こんなに、大きく高くしないで、心持小さくして下さいません？
嗯，適合不適合我呢？不要做這麼高大，稍稍小些，好嗎？

理髪師　お嬢さんは、お背が高いから、小さ目の方が、お似合いで、又大人しく見えるかも知れませんね。
小姐個子高，所以做小一點兒也許適合而且看起來較文靜些吧。

A　額の所、一寸毛を少し下して下さいな。
在額邊請把頭髮拉些下來啊。

理髪師　こうでしょうか。
是這樣嗎？

A　ええ、そう〳〵。
噢，是的，是的。

理髪師　さあ出来上がりましたが、どんなでございましょうか。お気に入りますかしら。
啊，做好了，「您覺得」怎麼樣？喜歡不喜歡呢？（滿意嗎）

A　ええ、結構です。如何程でしょうか。
嗯，很好。多少錢呢？

理髪師　千五百円頂きます。
要一千五百元。

A　じゃこれで。お世話さんでした。
那麼請把這，「收下」煩勞妳了。

理髪師　毎度どうも有り難うございます。
謝々經常的惠顧。

A　さようなら。
再見。

理髪師　さようなら。又どうぞお出で下さいませ。
再見，請再光臨。

十三、在商社、公司、工廠

(一) 訪問商社、公司

(1)

受付　いらっしゃいませ。
A　Cさんはいらっしゃいますか。
受付　失礼でございますが、どちら様でいらっしゃいますか。(A提出名片)
受付　どうぞこちらへ、お掛けになりまして、少々お待ち下さいませ。
C　やあ、Aさん、お珍しく。
A　御無沙汰しております。皆さん相変らず…。
C　ええ、お陰で。今日は、何か御用ですか。
A　実は、Bさんに頼まれてね。こちらの製品の販売を、させて欲しいという事で。
C　その事ですか。それは今月の末まで、一応希

您來啦。(請進啊)
C先生在嗎？
對不起，您貴姓？
請這邊坐，稍等一下。
呀，A先生，久違了。
好久沒有問候，府上都好嗎？
嗯，托福托福。今天有什麼事呢？
說實在的是B先生委托我來的呢。說要給他銷售這兒(貴公司)的產品啊。
「原來」是這麼回事啊。叫希望得到銷售權的人到

望者に、申請書を出させる事にして、それで締め切った後で、会議を開いて、決定する事になっていますが。Bさんは、もう申請書をお出しになったんですか。

本月底提出申請書，直到截止以後再由開會決定的。B先生已經提出了申請書了嗎?

A いいえ、まだなんです。それで、私に、様子を聞いて来てくれと、言うんです。

不，還沒有哪。因此要我來問問情形啊。

C そうですか。じゃ、その申請様式を、一揃いお上げしますから、兎に角それをお出しになって下さい。

哦，那麼要給你一套那種申請單的樣式，所以無論如何把它提出來吧。

A そうですか。じゃそれを頂いて、あなたのお話を、お伝えしましょう。

是嗎?那麼我把它帶回去，給他轉告你的話吧。

C これがその様式ですから、どうぞ。

這是它的樣式，請。「收下」

A どうもお手数を掛けました。何れ提出しましたら、何分とも宜しく。

眞麻煩你了。將來提出的話，請多多關照啊。

C ええ、分かりました。どうも御苦労さんでした。日を改めて、うちへでも遊びにいらして

嗯，知道了。你辛苦了。改天請來我家玩吧。

下さい。

A　ええ、有り難うございます。　好的。謝謝你。

じゃお願いします。　那麼拜托啊。

(2)

受付　いらっしゃいませ。　您來啦。(請進啊)

A　Bさんいらっしゃいますか。　B先生在嗎?

受付　Bさんでございますか。失礼でございますが、どちら様でいらっしゃいますか。(A提出名片)　B先生嗎?對不起,您貴姓?

受付　只今外出致しておりますが、如何致しましょうか。　現在出去了呢,怎麼辦?

A　お留守ですか。　不在嗎?

受付　はい。十二時には戻ると申して、外出致しましたから、もう間もなく、戻ると存じますが。　是的。說十二點會回來才出去的,所以我想不久會回來吧。

A　そうですか。では、先に一寸用事を済ませて　是嗎?那麼我先去辦一些事然後再來一趟吧。

から、もう一度参りましょう。

受付　さようでございますか。どうも大変失礼致しました。　　嗯，眞是對不起。

(二) 在同事間

(1)

A　Bさん、日本から送って来た、ニット機械一揃いの見積書は、あなたの所に有りませんか。　　B先生，從日本寄來的一套編織機的估價單，有沒有在你那裡？

B　ええ、有りますよ。　　嗯，有啊。

A　済みませんが、一寸貸して下さいませんか。　　對不起，暫時借給我，好嗎？

B　今、それの各部分の機械に就いて、検討している最中で、一寸困りますが。　　現在正檢討各部分機械中，所以有些不方便呢。

A　実は、私の方も、外の社の見積書と、対照して見たいので。じゃ、ほんの数分間それをコッピーさせるから、どうでしょう。　　說實在的，我們也想要跟別的公司的估價單對比一下呢。那麼花幾分鐘把它給複印一下，可以嗎？

B　係長に、一寸伺って見るから、お待ち下さいませんか。
我要問問股長，所以等一下，好嗎？

B　係長、企画部の方で、そのニットの見積書を十分間借りて、コッピーしたいと言っているけれど、宜しいでしょうか。
股長，企劃部說要借編織機的估價單，花十分鐘去複印，可以嗎？

係長　十分位なら、いいでしょう。貸してやり給え。
十分鐘左右的話，可以吧。借給他呀。

B　はい。
好的。

B　十分位ならいいと言われましたから、どうぞ。
股長說十分鐘左右的話，可以的，所以請。

A　じゃ十分後に、間違いなく返しに来ますから。
那麼十分鐘以後一定再還來啊。

*B*さん、見積書を確かにお返しします、有り難う。
*B*先生，估價單確實還給你啦，謝謝。

B　いいえ、どう致しまして。
哪裡哪裡。

(2)

A　Bさん、あなたは、この頃お忙しそうですね。

B　ええ、最近生産性本部主催のコンピューター講習に、行っているので、少し忙しくなったんです。

A　そうですか。コンピューターと言うと、難しいんじゃないんですか。

B　私も今まで、難しい物だと、敬遠していたんでしたが、これからは、コンピューター時代と言われると、仕方がなくも、時代に落伍してはいけないと思い返して、それで決心して、この講習に入ったんです。始めは難しかったが、講義を聞いている中に、段々と分かって来てね。今コンピューターシステムと、企業のビジネスシステムを、どのように結び付けて行くか、という所の講義を聞いています。

B先生，你最近像是很忙碌呢。

是的，最近因爲去（參加）生產性本部主辦的電子計算機講習會，所以忙些啊。

是嗎？說起電子計算機，是不是很難懂呢？

我過去也以爲是難懂的東西，所以敬而遠之，可是將來被認爲是電子計算機時代，就不得不重新考慮不能落伍於時代，所以決意加入這個講習會的。

起初覺得難，可是聽了講義之後便漸漸地了解了。現在在聽電子計算機組織和企業組織二者之間如何連絡的部分。「的講義」

A その中に、生産工程と、コンピューターシステムの結び付きという応用方面の話も、出て来るそうです。難しい事でも習っていると、面白くなるものだと思いましたよ。

聽說不久生産工程和電子計算機組織連結的應用的講義也會出來呢。覺得怎麼難的事，在學習之後就會變成有興趣的。

A お話を聞いていると、私もボヤボヤしないで、もっと奮い立って、何か身に着けなければいけないですね。

聽你說了這番話我也不可呆着過日子了，應該振作起來多學點什麼才好呢。(非…不可)

B そうですよ。自分の身に着いた色々の技こそ、自分の財産ですからね。

是啊。自己眞正有各種的技能才是自己的財産呢。

A 折角日本に来たんだから、この良い機会を利用して、そんな講習に入って見ようかな。その中に、新しく始まるのが、有るでしょうか。

我特地來到日本了，所以要利用這個好機會，進入那樣的講習會看看吧。不久將有新的開始呢？

B 有りますよ。日本I*BM*会社の教育部で、来月一日に、夜七時から十時まで、昼間働いている人の為に、新しい班が、開かれるそうです。期間はどれだけか、はっきり見なかった

有啊。聽說日本IBM公司的教育部，在下個月一號從晚上七點到十點，爲了日間工作的人要開辦一個新班。期間多久我沒看清楚，可是兩三天前在什麼地方的報紙上有廣告登出來呢。

が、何処かの新聞に、二三日前、広告が出ていましたよ。

A そうですか。後で探して見ましょう。もうそろそろ時間ですね。　是這樣嗎?等一會我再找找看吧。上班的時間快要到了。

B そうですね。どれ〱、一寸手を洗って来ましょう。　是啊。嗳!去洗洗手吧。(到洗手間去吧)

A 私も一緒に行きましょう。　我也一塊兒去吧。

十四、旅館、寄宿舎

(一) 旅館

(1) 投宿

受付 いらっしゃいませ。　歡迎，歡迎。(請進啊)

A 今日は。あの一部屋お願いしたいんですが。　啊，(你好)想要請你給我一個房間呢。

受付 御予約なさいましたか。　有沒有預訂?

A いいえ、していませんでした。　不，沒有。

受付　お一人様ですか。お二人様ですか。
是一位，還是兩位呢？

A　一人です。
一個人。

受付　バス付きのシングル、ルームですね。
有洗澡間的單人房，是嗎？

A　そうです。
是的。

受付　四階の三百五十一号室が、丁度空いておりますから。
四樓的三百五十一號剛好空着哪。

A　静かな部屋でしょうね。
是很安靜的房間嗎？

受付　それは大丈夫です。
那不錯（一定）的。

A　じゃ、それにしましょう。幾らですか。
那麼，訂這個吧。要多少錢？

受付　御一泊十二ドルです。このカードにお名前と、国籍、パスポートの番号を、お書き入れ下さい。
住一天十二元美金。請在這張卡片上寫（塡寫）名字，國籍和護照號碼吧。

A　本籍地や、次の目的地も、書くんですか。
本籍和下站的目的地要寫嗎？

受付　はい、お願い致します。
是的，麻煩您「寫」啊。

A　これでよいでしょうか。
「寫」這樣可以嗎？

受付　ええ、結構です。
嗯，好的。

A　トラベラーチェックを、現金にしたいんです
想要把旅行支票兌現呢。

が。

受付　お隣のデスクでどうぞ。これが、当ホテルのパンフレットで、どうぞお持ち下さい。

請在隔壁的櫃臺。「換」這是本飯店的印刷物，請帶去。

お部屋の鍵は、ベルボーイが持っておりますから、お荷物とも御一緒に、お部屋へ御案内申し上げます。

房間的鑰匙茶房拿着了，所以跟行李一起會帶您到房間去的啊。

A　お世話さんでした。

麻煩你了。

ボーイ　それでは、どうぞこちらへ。

那麼，請到這邊來。

このエレベーターから。

由這電梯。「上去」

どうぞお先にお入り下さい。

請您先進去。

A　四階ですね。

四樓，是不是?

ボーイ　そうです。

是的。

ボーイ　どうぞこちらの方へ。

請這邊來。

このお部屋です。バスルームは、此処ですから。お荷物は、此処にお上げして置きましょう。

是這房間。洗澡間是這兒哪。行李給您擱在這上面吧。

お部屋の鍵を差し上げます。

房間的鑰匙給您啊。

A　なる程、よいお部屋ですね。　眞是不錯的房間呢。

これをどうぞ。御苦労でした。　這，請。「收下」辛苦了。

ボーイ　有り難うございました。　謝謝您。

(2)在旅館裡

A　あの四三五一のAですが、今から一寸出掛けて、二時に必ず帰って来ます。若しその頃に、私を尋ねる客が見えたら、ロビーでお待たせ下さいませんか。　嗯，是四三五一號的A，打算現在要出去一下，兩點一定回來。要是那時侯有客人來找我的話，請讓他在休息室等，好嗎？

受付　四三五一のA様でいらっしゃいますね。そのお客様のお名前は？　是四三五一號的A先生嗎？那位客人的大名呢？（請教那位客人的大名）

A　Bと言います。　叫B。

受付　はい分かりました。　好的。

A　じゃ、鍵をお願いします。　那麼鑰匙拜托啊。

受付　畏まりました。行っていらっしゃいませ。　好的。再見。（去呀，請）

A　只今帰りました。四三五一のAですが、Bというお客さんは見えたでしょうか。　我回來了。四三五一號的A，叫B的客人來了沒有？

受付　お帰りなさいませ。*B*さんは、向こうのロビーで先程から、お待ちになっていらっしゃいます。

您回來了。*B*先生在休息室早就等着您哪。

A　そうですか。じゃ部屋の鍵を、頂いて行きましょう。

是嗎？那麼我要拿回房間的鑰匙啦。

受付　はいどうぞ。

好的，請。

(3) 離開旅館

A　四三五一の*A*ですが、ベルボーイに荷物をフロアーへ運んで頂きたいと、お伝えして下さいませんか。それからフロントにお繫ぎ下さい。

四三五一號的*A*，請轉告茶房我要請他把行李搬到樓下去。然後請妳叫（接去）賬房。

交換手　畏まりました。

好的。

フロントが出ましたから、どうぞ。

賬房出來了請。「聽電話」

A　もし〱四三五一の*A*ですが、チェックアウトをしたいので、お勘定をお願いします。今直ぐ降りて行きますから。

喂喂，是四三五一號的*A*，想要退房間，所以請結賬啊。我馬上要下去啦。

受付　四三五一のA様でいらっしゃいますね。畏まりました。　是四三五一號的A先生嗎？好的。

ボーイ　お呼びでいらっしゃいますか。　您叫我嗎？

A　この荷物を出口まで、運んで下さいませんか。　把這些行李搬到出口的地方去，好嗎？

ボーイ　畏まりました。皆で三つでございますね。　好的。統統三件嗎？

A　そうです。　是的。

ボーイ　じゃお客様、どうぞエレベーターにお先に。　那麼先生（小姐，太太），請先進電梯去吧。

A　一寸お勘定して行きますから、出口の所で、暫くお待ち下さい。　我要結賬去，所以請在出口的地方等一等。

ボーイ　はい、どうぞ御緩り。　好的。請慢慢兒。

A　先程、お勘定をお願いした四三五一のAです。皆で、如何程になりますか。　剛才拜托你結賬的四三五一號的A。一共多少錢呢？

会計　二泊でいらっしゃいましたね。　是住兩天吧？

A　そうです。　是的。

会計　二十四ドルに二割の税金と、サービス料を入れて、二十八ドル八十セント頂きます。

二十四元美金加算兩成的稅金和服務費。請給二十八元八角美金吧。

A　じゃこれを。

那麼這。「請收下」

会計　毎度有り難うございます。又お出でをお待ちしております。

謝謝經常的惠顧。希望您再光臨啊。

A　タクシーを呼んで、荷物を入れさせてくれませんか。

請叫部計程車，叫他把行李放進去吧。

ボーイ　畏まりました。タクシー　一台!

好的。計程車，一部啊。

ボーイ　お荷物は三つ、間違いなく、車の後ろにお入れしましたから。

行李三件已經放在車子後面去了。

A　これをどうぞ。御苦労でした。

這，請。你辛苦了。

ボーイ　有り難うございました。御機嫌よく。

謝謝。祝您旅途愉快。

A　さよなら。

再見。

(二) 寄宿舎

A　台湾から来たAですが、今度こちらでお世話

我是從臺灣來的A，這次在這兒要麻煩你，請多多

になる事になりまして、どうぞ宜しくお願いします。

拜托啊。

管理人　会社の方から、もう連絡が有りましたので、お部屋を準備して、お待ちしておりました。

公司已經有連絡了，所以已經預備了房間在等着你啊。

A　それはどうも済みません。なかなか気持のよい建物ですね。

那眞不敢當。非常舒適的建築物啊。

管理人　まだ建てて間もない物ですから、新しいんです。

建造了不久，所以還新呢。

A　そのようですね。

眞的如此呀。

管理人　お荷物は、この四つだけですね。一緒にお部屋へ持って参りましょう。どうぞこちらへ。この方がお静かと思って、奥の方に、お部屋を取って置きました。

行李是這四件嗎？一起拿去房間吧。請這邊來。我想這兒比較安靜，所以預備了後面的房間呢。

A　どうも御親切、有り難うございます。

眞謝謝你的好意。

管理人　はいこのお部屋です。お荷物は、この押入れの中に、お入れして置きましょう。

嗯，是這個房間。行李給你放在壁橱裡吧。

A 明るいお部屋ですね。
很明亮的房間啊。

管理人 此処は、窓が二つも有るから、外の部屋より、明るいんです。お隣が、お風呂場とトイレット。食堂は、さっきお入りになった玄関の、右の方に有ります。地階の方に、娯楽の場所と、売店が有りますから、後で、一度御覧置き下さい。
這兒因爲有兩個窗子，所以比別的房間要明亮呢。隔壁是洗澡間和洗手間。飯廳是剛進來的正門右邊。地下室有娛樂場所和販賣店，所以等一會兒請看一看吧。

A 東京は、今度始めて来たので、何にも分からず、どうぞ宜しくお願いします。
東京是第一次來，所以什麼都不熟悉，多指教啊。

管理人 何にもお世話出来ませんが、どうぞ何でも、御遠慮なくおっしゃって下さい。
不能好好地照應，不過請不要客氣儘管吩咐吧。

A 有り難うございます。
謝謝你。

十五、問路、領路、台灣觀光

(一) 問路

(1)

A　あの一寸お尋ねしますが、プレジデントホテルは、何処に有りますか。

哦，請問你，統一大飯店在什麼地方呢？

B　この通りを、真直ぐにお出でになると、大同工学院の前になります。ずっと先に、ほら、屋根の上に、広告の看板が、見えますね。あれが、大同工学院の建物です。あの建物の少し先の、大通りの向こう側に、横丁が有りますね。その横丁を、入った左側に、ホテルが直ぐ見えます。それがそのホテルです。

從這條街一直去就到大同工學院前面。在遠遠的前方，你看！在屋頂上能看到廣告招牌呢。那就是大同工學院的建築物了。再過去些馬路的對面有一條小巷子啊。那小巷子進去，在左邊馬上能看到的飯店，那就是啊。

A　よく分かりました。有り難うございます。

都明白了。多謝你。

B　私も、その方向へ行きますから、そこまで、御案内しましょう。

我也要到那邊去，所以到那兒附近我領路吧。

A　それはお手数を掛けて、相済みません。

麻煩你，很對不起。

B　いいえ、序でですから。

哪兒的話，是順路的。

B　じゃそこから、道を横断なさって、直ぐそこの、横丁にお入りになると、ホテルが見えますよ。

那麼，由這裡穿過馬路，那條巷子一進去就會看到飯店了。

A　御親切に、有り難うございました。　　眞謝謝你的好意。

B　どう致しまして。さよなら。　　哪裡哪裡。再會。

A　さようなら。　　再會。

(2)

A　あの一寸お伺いしますが、余丁町五十番地の、Cさんのお宅を、御存じありませんか。　　哦，請問您，余丁町五十號C公館您知道嗎？

B　さあ、私も、此処は余り悉しくないんですが、あそこのお菓子屋にでも、お聞きになりましたら。　　唔，我這裡也不太熟悉呢，問那邊的糖果店怎麼樣？

A　これはどうも失礼しました。　　眞對不起。

有り難うございます。　　謝謝。

あの済みませんが、Cさんと、おっしゃる方のお家を、教えて頂けませんか。　　哦，對不起，請問你能不能告訴我姓C的這位先生的家？

菓子屋　Cさんですね。番地を御存じですか。　　C先生嗎？你知道地址嗎？

A　余丁町五十です。　　是余丁町五十號。

菓子屋　此処は三十二ですから、もう少し行った　　這裡是三十二號，所以我記得再走過去些前邊，牆先の、塀が赤煉瓦になっている家と、覚えていますが。
壁是紅磚的那所房子啊。

A　そうですか。それは有り難うございました。
是嗎？眞謝謝你啦。

B　どう致しまして。お易い御用で。
哪兒的話，這沒有什麼呢。（很容易的事情）

（二）領路観光

(1)（註　注音有括弧的地名也可以用現地音發音）

A　ようこそお出で下さいました。お客様は、台湾は、お始めてでいらっしゃいますか。
很歡迎您來啊。先生（小姐，太太），臺灣是第一次來嗎？

客　はい　始めてです。
是頭一次的。

A　何日位、御滞在の予定でいらっしゃいますか。
預定停留幾天呢？

客　今日着いて、四月の八日の夕方に、帰る予定ですから、六日間有りますね。
今天到達預定四月八號的傍晚回家，所以有六天啊。

A　さようでございますね。台北を、先に御覧になりましてから、中南部や、東部にいらっし
是的。先看看臺北然後到中南部和東部去嗎？

やいますか。

客　駈足旅行でも、一通り見て帰りたいと、思うのですが、そのスケジュールを、お任せしますよ。

走馬看花式的（快跑）旅行也好，總想要大略看看才回去的，委托你安排那日程表吧。

A　承知しました。では今日は、これから、市内の竜山寺や、歴史博物館を御覧になり、町の主な通りを、お回りになって、晩御飯は、四川料理とか、広東料理とか、お好きな中国料理を、お取りになったら、如何でございますか。

好的。那麼今天從現在就參觀龍山寺啦，歴史博物館啦，逛逛街上的主要馬路，晚飯吃您喜歡的中國菜，比方四川菜啦，或者廣東菜啦怎麼樣？

客　何しろ、始めて来たもんですから、何から何まで、お願いしますよ。只故宮博物院は、大変よいという事を、聞いて来たから、そこだけは、緩り見せて下さればいいんですからね。

總之第一次來，所以一切都委托你啦。不過聽人家說故宮博物院非常好，所以只要那兒讓我有充分的時間慢慢兒地欣賞就行了。

A　畏まりました。それでは、今日は、先程申し上げたような、スケジュールで参りまして、

好的。那麼今天照剛才安排的日程表行動，從明天早上起看孔子廟，然後到故宮博物院去吧。我想一

明日朝から、孔子廟を見て、それから、故宮博物院へ参りましょうか。午前中、ずっと緩り御覧になって、お昼は陽明山のホテルで、簡単な洋食でも、お上がりになって、後で温泉にお入りになったら、よいと思いますが。

陽明山は、温泉と桜の花で、有名でございます。此処の公園は国立公園で、よく手入れされて、春は、桜を始め躑躅、梅、桃、椿等色色の花で、遊客を集めています。又普通の時も、よい遊び場として、沢山の人が行きます。

客　そうですか。台北近くに、そんな良い所が有ったら、賑わうのも当然でしょうね。その陽明山とかの後は、どうなりますか。

A　陽明山を、三時過ぎに出まして、淡水に行き、そこにあるゴルフ場を、一回りなさいましたら、どんな物でございましょう。

上午請您慢慢兒地欣賞，中午在陽明山飯店吃簡單的西餐，「或者其他的」然後洗一個溫泉浴比較舒適呢。

陽明山以溫泉和櫻花著名。這裡的公園是國立公園而給管理得很好，春天以櫻花爲首，杜鵑花、梅花、桃花、茶花等等，許多花吸引了遊客。平時也是一個好玩的地方，好多人去呢。

是這樣的嗎？臺北附近有那麼好的地方的話，會熱鬧也是當然的呀。遊過陽明山以後又怎麼樣呢？

三點多從陽明山出發去淡水繞一繞那裡的高爾夫球場，好嗎？

このゴルフ場は、位置と言い、風光と言い、申し分ない所と折り紙を付けられています。

客　そんなに良い所ですか。じゃ、一見の価値が、有ると言うのですね。私も、ゴルフは好きだから、参考として見て来ましょうか。

A　往復三時間掛かりますから、六時過ぎに、ホテルに戻れると思います。晩はホテルで、お食事をお取りになったり、付近のお土産物屋を、お覗きになったり。

客　じゃ、頼まれた二三のお土産物を、その時に買って置きましょうか。

A　何をお買いになりますか。

客　珊瑚のブローチとか、翡翠の指輪とかですね。

A　それなら、ホテル付近の店に、沢山出ていますから、いい物が、お手に入ると思います。

客　そうでしょうか。

以地點風景來說，這高爾夫球場「給」保證是絕佳地方。

是那麼個好地方嗎?那麼有一見之價值嘛。我也喜愛高爾夫球，所以可作參考看看吧。

來回要三小時，所以我想六點多就能回到飯店了。晚上可以在飯店吃飯啦，或逛逛附近的土產店啦。

那麼給人委托買的一些紀念品（土產品）在那個時候「先」買吧。

要買什麼呢?

珊瑚的別針啦，翡翠的戒子，這些東西啊。

要是那樣的東西，飯店附近的店舖有很多展出，所以我想能買得到好東西的。

是嗎?

A　それから、明後日の朝は、九時十分の特急で、台中までいらっしゃり、省政府のある中興新村を、車でお回りになり、有名な日月潭に、一晩お泊まりになって、山の中の原始的な気分を、お味わいになりましたら。

然後，後天的早上，坐九點十分的特別快車到臺中去，乘車子遊覽省政府的中興新村，而在著名的日月潭住一夜，體味山中的大自然氣氛，怎麼樣？

客　省政府の有る所から、日月潭まで、どの位掛かりますか。

從省政府所在地到日月潭要多少時間呢？

A　一時間半のドライブで、バナナ畑等を眺めながら、山又山を、巡って行くのでございます。その辺りが、大体台湾の真中に当りますね。

駕車要一小時半，一面看香蕉園，一面繞着群山上去啊。那邊的地理位置相當於臺灣的中央呢。

客　まだ台南とか、高雄とか、花蓮とかが有るから、日月潭に一泊すると、予定の日じゃ、間に合わないでしょう。

因爲還有臺南、高雄、花蓮等地，所以住日月潭一夜的話，在預定的時間內趕不上了吧。

A　さようでございますね。それでは、台中市街と、中興新村だけを、御覧になって、その儘、台南にいらっしゃいますか。

嗯，對啦。那麼只遊覽臺中市街和中興新村，那樣子就到臺南去嗎？

客　台南は、歴史のある町だそうですが、何が見られますか。

聽說臺南是歷史悠久的地方，能看到些什麼呢？

A　赤嵌楼、孔子廟、成功廟等が有ります。成功廟は、鄭成功を、お祭りしていますが、鄭成功は、日本とも関係の有る方でございました。

有赤嵌樓、孔子廟、成功廟等。成功廟是祭祀鄭成功的，鄭成功是位跟日本有關係的人。

（註　成功廟＝正名爲延平郡王祠）

客　国姓爺という芝居を、見た事が有りましたが、九州平戸で、生まれたと覚えています。

我曾看過了國姓爺的戲，記得他是在九州的平戶出生的。

A　さようでございます。台南と高雄は、大変近く、夜は、高雄にお泊まりになった方が、便利かも知れませんね。高雄は、台湾で台北に次ぐ大都市で、色々の工業が、盛んでございますよ。又港でもございまして、此処から沢山バナナが、日本へ輸出されています。加工区というのが、近くにございまして、各会社の加工地区になっております。これで大体、台湾の西海岸を、御覧になった事になります

是啊。臺南和高雄很近，晚上也許住在高雄比較方便吧。高雄在臺灣是僅次於臺北的大城市，各種的工業很發達呢。又是港口，很多香蕉由這裡「給」輸出到日本去。

加工區在這附近，成爲各公司的加工地區。

以上算是大致看了臺灣的西海岸，所以坐飛機回來臺北休息一下，然後改天再坐飛機到花蓮那邊去就

ので、飛行機で台北へお帰りになって、一寸お休みになりまして、それから日を改めて、又飛行機で、花蓮方面にいらっしゃると、宜しゅうございます。自動車で、奇々怪々の大理石の谷あいを、ドライブなさいまして、天祥から又引き返されて、市内でアミ族の踊りや、大理石の加工場を御覧になってから、台北へお帰りになるのもよく、又その儘公路を横断なさいまして、台中にお出になる事も出来ます。どちらがお宜しいでしょうか。これから早速私は、事務所に戻りまして、中南部、東部のスケジュールを作らせますが、如何でございましょう。

好了啊。坐汽車遊歷奇奇怪怪的大理石的山谷，從天祥折回來在花蓮市內看阿美族的跳舞啦，大理石的加工廠啦，然後回來臺北也好，也可以就那樣子由橫貫公路出去臺中呢。那樣較好呢？現在我馬上回辦公廳去叫他們安排中南部的日程表，好嗎？

客　まあ一応、よいようにスケジュールを、作って下さい。それに依って、回って見ましょう。お任せしますよ。

嗯，請你隨意暫先安排日程表吧。按照那個表來遊歷看看啊。一切委托呀。

A　承知しました。これは、事務所の、電話番号

好的。這是有辦公廳電話號碼的名片，假如有事的

の入った名刺でございますが、若し、御用がございましたら、何時でもお電話下さい。「ませ」じゃ、後程に、又お伺い致しますから、それまで一寸お休み下さい。「ませ」

話，無論什麼時候給我個電話吧。那麼等一會兒我會再來，所以暫時請休息一下。

客　どうぞ宜しくお願いします。

萬事拜托啊。

A　じゃ一寸失礼致します。

那麼再會。

(2)

A　お早うございます。

您早啊。

客　お早う。

早。

A　昨晩は、よくお休みになれましたか。

昨天晚上睡得好嗎？

客　お陰で、よく休まれました。

托福，睡得好。

A　昨日は、大分あちこち、お歩きになりましたからさぞお疲れになった事でしょう。

昨天到處跑了相當多的路，所以也是累了吧。

客　いえ。歩く事は日頃ゴルフで、慣れているから、何とも有りませんよ。

不。平常打高爾夫球走路都習慣了，所以沒什麼的。

A　さようでございますか。お客様は、お元気で

是嗎？先生（小姐，太太）精神很好呢。（很健康

いらっしゃいますね。お朝食(ちょうしょく)は、もうお済(す)みになりましたか。
啊）早餐用過了嗎？

客　はあ、先程(さきほど)、済ませました。
嗯，剛才用了。

A　じゃぽつ〳〵出掛(でか)けましょうか。御用意(ごようい)は、宜(よろ)しゅうございますか。
那麼開始出發吧。預備好了嗎？

客　ええ、もう出来(でき)ています。
嗯，都好了。

A　それでは。
那麼！

客　行きましょう。
就去吧。

A　お客様が、鍵(かぎ)をフロントにお預(あず)けになっている間(あいだ)に、私は、車(くるま)を出口(でぐち)の所(ところ)まで来(く)るように、言(い)い付(つ)けて参(まい)りますから。
當先生（小姐，太太）把鑰匙交給櫃臺（賬房）之時，我去吩咐將車子駛來出口的地方啊。

客　ええ、どうぞ。
嗯，請。

A　今日(きょう)は、大変(たいへん)よいお天気(てんき)ですから、見物(けんぶつ)には都合(つごう)がようございます。暑(あつ)くもなく、殊(こと)に昨(さく)夜(や)一降(ひとふ)りしましたから、特別(とくべつ)気持(きもち)がようございますね。
今天天氣非常好，所以很適合於遊覽呢。也不熱，尤其是昨天晚上下了一陣雨，所以覺得特別舒適。

客　そうですね。まあいい時候(じこう)に来(き)てよかった
是啊。來得正是時候，所以覺得眞好。（高興）

と、思っております。

A　それでは、お先にお乗り下さい。「ませ」では先ず、故宮博物院に参りましょう。この通りは中山北路と言って、台北のメーンストリートで、数年来、両側の家が、皆高層建築になり変わりました。交通量が多いので、これと平行した道を作りましたが、まだ完全に改善されていません。この左側は動物園、それから、児童遊園地、橋を越した所に子供用のプールがございます。右側の丘の上にある建物は、有名なグランドホテル、宮殿式の建物で、今尚増築中でございます。大変眺望のよい所で、基隆河が見下され、台北全市が見渡されます。この夜景は、又格別よいと思います。

那麼請您先進去坐吧。
就先到故宮博物院去吧。這條街叫做中山北路，是臺北主要街道（中心街道），數年來兩邊的住宅變成了高樓大厦。因爲交通量增加，所以另外建築一條跟這平行的街道，可是情形還是沒有完全改善呢。這左邊是動物園，還有兒童樂園，橋的那邊有孩子用的游泳池，右邊小山上的建築物是著名的圓山大飯店，是宮殿式的建築物，還正在擴建中呢。是個很好眺望的地方，能俯視基隆河，也能遠望臺北市。這夜景我認爲格外的好。

客　なる程よい所ですね。

眞是個好地方啊。

A　この付近の道も、最近拡張されて、大変よく

這裡附近的馬路最近也給擴大變成很好了。從這兒

なりました。此処をこの儘、真直ぐに行くと、温泉の町、北投になります。故宮博物院は、此処から右の方に折れます。あれが映画の撮影所、その先が東呉という私立大学でございます。

這様一直去就會到達北投溫泉街。故宮博物院由這兒轉彎右邊去。那所是影片攝影廠，那前面是私立東呉大學。

客　なか〳〵静かな、よさそうな環境ですね。

像是非常清靜的好環境啊。

A　行く〳〵は高級住宅地区とか、公園とかになると、聞いていますが。

聽說將來會變成高級住宅區，或公園呢。

ほら、その左手の丘の上の建物が、博物院でございますよ。

瞧！那左邊山上的建築物就是故宮博物院呀。

客　山を背にして、全体が緑に包まれた恰好ですね。なか〳〵この緑の色は美しい！

背着山，全部給綠色包圍的樣子（形狀）啊。這綠色非常非常的美啊。

A　はい、もう着きました。私は入場券を買って参りますが、少々お待ち下さい。「ませ」

喔，已經到了。我買去入場券請您稍等一下。

客　はい、御苦労さん。

好的。辛苦你啦。

十六、口頭試問（留學、就職）

（一）留學口試

(1)

試驗官 *A*さんですね。　是*A*先生嗎？

A はいそうです。　是的。

試驗官 あなたの本籍地は、どちらですか。　你的籍貫是哪兒？

A 台北市です。　臺北市。

試驗官 何処の学校を卒業しましたか。　什麼學校畢業的呢？

A 和平大学の工商管理系を、昨年卒業しました。　和平大學工商管理系，去年畢業的。

試驗官 在学中、特に何の科目が、好きでしたか。　在學校的時候特別喜歡什麼學科呢？

A 企業管理法や、英語、日本語の科目が、大変好きでした。　非常喜歡企業管理法，英語和日語等科目。

試驗官 日本に行って、何を勉強したいのですか。　到日本去想要唸什麼？

A　近代の企業管理法を、更に研究したいと思っています。　想更進一步研究近代企業管理法。

試驗官　日本の何処の学校が、希望ですか。　希望進日本的什麼學校呢？

A　東京の一ッ橋大学ですが、然し、何処の大学でも、入学出来たら、一生懸命勉強しようと思います。　東京一橋大學，不過什麼學校都能入學的話，想要一心一意地努力用功。

試驗官　あなたの家庭状況は、どんなですか。　你的家庭情況怎麼樣？

A　父母に兄、姉、弟、妹が、それぞれ一人おります。　父母還有哥哥、姐姐、弟弟、妹妹各一個人。

試驗官　お父さんの御職業は？　你父親從事什麼職業呢？

A　省政府の公務員です。　是個省政府的公務員。

試驗官　あなたの兵役は、どうなっていますか。　你的兵役怎麼樣了。

A　兵役はもう終わって、今後備軍人です。　兵役已經服完了，現在是個後備軍人。

試驗官　分かりました。結構です。　知道了。好了。

A　はい。　是。

(2)

試驗官　台湾中華大学の卒業生ですね。　你是臺灣中華大學的畢業生嗎？

A　はいそうです。　是的。

試驗官　何科を専攻しましたか。　專攻那一科？

A　化学工程科でした。　化學工程科。

試驗官　当学院で、特に何を研修したいんですか。　在本學院想要特別研修什麼？

A　応用化学方面を、やりたいと思います。　想要研究應用化學方面的。

試驗官　日本語は、何処で習いましたか。　日語在哪兒學的呢？

A　学校で必修科目として、二個年習いました。又自分で暇が有ると、日本の化学方面の本を、読んでいます。　在學校以必修科目學習了兩年了，並且自己有工夫就看些日本化學方面的書籍。

試驗官　それでは、読解力は大体有るでしょうね。　那麼讀解能力大概還可以吧。

A　大抵分かります。　大部分能了解。

試驗官　話す方は？　講的方面呢？

A　まだ完全では有りませんが、聞く事は大体出来ます。　還不完全，可是大致聽得懂。

試験官　では、講義を聞くには、差し支え有りませんね。

那麽講義沒有問題，是嗎？

A　大丈夫と思います。

我想沒有問題。

試験官　こちらに、適当な身元保証人が、いますか。

這裡有沒有適當的保證人呢？

A　父の学校時代の友人が、一切の世話をしてくれる事に、なっています。

有位父親學校時代的朋友要給我一切的照顧啊。

試験官　はいもう宜しい。どうぞお引き取り下さい。

唔，好了。請回去吧。

A　はい。さようなら。

是。再見。

(二) 就職口試

試験官　あなたの学歴、経歴を簡単に、説明して下さい。

簡單地說明你的學歷和經歷吧。

A　私は台中県の人で、民国五十七年に、中華大学の電機系を、卒業しました。卒業後、兵役に一年余り行って、空軍の機械修理方面を担

我是臺中縣人，民國五七年畢業於中華大學的電機系。畢業後當了一年多的兵，擔任空軍機械修理方面的工作。退役以後回家鄉在哥哥開的碾米工廠幫

当しました。除隊してから郷里へ帰って兄の精米工場で手伝っています。

忙。

試験官　どうして本社の採用試験に参加しましたか。

爲什麼參加了本公司的錄用考試呢？

A　前から組織の大きい、自分の勉強した物と関係有る会社で、働きたいと思っている所へ、御社の職員採用広告を、見たのです。

很久以來就想要在有大組織的而且跟自己所學的有關係的公司工作，剛好看到了貴公司要錄用職員的廣告啊。

試験官　兄さんの工場で、何を手伝っているのですか。

在你哥哥的工廠幫什麼忙呢？

A　小さな精米工場なので、機械の整備やら、米の運搬やら、何でも手伝っております。

因爲是個小碾米廠，所以機械的整備啦，運米啦，什麼忙都幫啊。

試験官　体は丈夫そうに見えるが、何か運動でも、特別にやっていたのですか。

身體看來很健康的樣子，做什麼特別運動來的嗎？

A　中学校時代からずっと、短距離の選手をしていました。

從中學時代以來一直當短跑選手。

試験官　若し此処で働くのなら、保証人が要るんですが、誰か適当な人がいますか。

要是在這兒工作的話，要保證人呢，有適當的人嗎？

A　はい、兄の友人が当地で、貿易商をしているので、保証して貰えると思います。

是有，哥哥的朋友在此地做貿易商，所以我想能請他做保證。

試験官　では、追ってこの結果を、知らせるから。

那麼這結果隨後會通知你啊。

A　はい。有り難うございました。

是。謝謝你。

十七、旅　行

(一) 飛機場

A　羽田の空港へ、行きたいんですが。国際線の、日本航空の事務所に、近い所で下して下さい。

要到羽田機場去呢。請在國際線，日本航空的辦事處附近，讓我下車吧。

運転手　国際線ですね。

國際線嗎？

A　そうです。

是的。

A　ええ、此処ら辺で、止めて下さい。如何程ですか。

嗯，請在這附近停車。多少錢呢？

運転手　六百二十円頂きます。

要六百二十元。

A　はい、これは七百円ですが、お釣りはその儘で。　好，這是七百元，不必找錢了。

運転手　有り難うございました。　多謝你。

A　あの済みませんが、荷物をそこへ、下して下さいませんか。　麻煩你，把行李拿來這兒，好嗎？

運転手　此処でよいでしょうか。　這裡行嗎？

A　結構です。有り難うございました。　好的。謝謝。

赤帽　日本航空ですか。　日本航空嗎？

A　そうです。済みませんが、この荷物をお願いします。　是的。勞駕，這行李拜托啊。

赤帽　四つですね。　四件，是不是？

A　そうです。　是的。

赤帽　此処へお置きしました。　擱在這兒了。

A　これをどうぞ。(給小費)　這請。「收下」

赤帽　有り難うございました。　謝謝。

A　あの—8便の台北行は、予定通り出ますか。　請問，到臺北去的八號機按時起飛嗎？

事務員　はい、予定通り九時二十分に、出発しま　是，照預定九點二十分出發。請讓我看看你的飛機す。一寸切符を拝見させて下さい。それから、パスポートも。荷物はお幾つですか。

票。還有護照也…。行李幾件呢？

A　預けるのは二つで、手荷物も二つです。

托運的兩件，隨身帶的也是兩件。

事務員　このカードを差し上げますが、お書き入れになって下さい。出国管理所で、拝見しますから。

這卡片給你，請塡一塡。到出國管理所要看看的。

A　今書くのですか。

現在要寫嗎？

事務員　出国管理所に、お入りになる前で、結構です。

進入出國管理所以前「寫」就行啦。

パスポートと飛行機の切符を、お返しします。荷物の札は、飛行機の切符に付けて置きましたから。これが搭乗券で、入口で係員に、お見せ下さい。

護照和飛機票還給你了。行李的存根已經付在飛機票一起了。這是上機證，請在進口處給辦事員看。

A　何番のゲートですか。

是幾號門口呢？

事務員　三番ゲートですから。

三號門口。

A　お世話さんでした。

勞煩了。

(二) 往日本的飛機上

乗務員 よくいらっしゃいました。	歡迎，歡迎。
A 今日は。A二十八の座席は、どちらですか。	你好。A二十八號在哪兒呢？
乗務員 こちらです。どうぞ。	這兒。請。
A 外の景色を見たいので、座席を換えて貰えますか。	因爲想要欣賞外面的風景能不能請你換一個位子？
乗務員 それでは、此処が空いているから、どうぞ。	那麼，這兒空着，所以請啊。
A 有り難う。	謝謝。
A 東京へ何時に着きますか。	什麼時候到達東京呢？
乗務員 十一時三十分に、着く予定です。	預定十一點三十分到達。
A 途中沖縄に寄りますか。	中途要經過沖繩嗎？
乗務員 はい、寄ります。(いいえ、寄りません)	是，會去的。(不，不去)
A 降りられますか。	可以下來嗎？
乗務員 降りて、暫く休憩室で、休める事になっております。	可以下來在休息室休息一下子。

A　そうですか。そこでお酒が、買えますね。
是嗎？在那兒可以買酒，是不是？

乗務員　はい、買えます。
是，可以買的。

乗務員　あの—済みませんが、前のお机を、お出し下さい。只今、軽食を差し上げますから。
啊，對不起，請把前面的桌子拉出來。現在要請大家用點心呢。

乗務員　あの—コーヒーですか。お茶ですか。
啊，要咖啡，還是茶？

A　コーヒーを下さい。有り難う。
給我咖啡吧。謝謝。

乗務員　もう一つ、コーヒー如何ですか。
再一杯咖啡，好嗎？（要嗎？）

A　もう結構です。
已經够啦。

乗務員　あの—皆様に、このカードを差し上げますが、各項目にお書き入れになって下さい。羽田の入国管理所で、拝見しますから。
啊，這卡片要給各位，請在各項目裡塡一塡。到羽田機場入國管理所要看看的。

A　このカードは、どう記入したら、よいのですか。
這卡片怎麼個塡法呢？（怎麼樣塡才好呢？）

乗務員　この欄に、御生年月日、此処には、パスポートの発行機関の名前と、その発行期日、それから、パスポートの番号をも、お書き入れ下さい。
這欄寫出生年月日，這兒寫護照發行機關的名稱和其發行期日，還要寫護照的號碼。

目的地の御宿泊先は、此処に、又その期間もお忘れなく。

目的地的住址寫在這兒，而其停留的期間也不要忘「記寫」啊。

A 分かりました。有り難うございました。

知道了。謝謝你。

乗務員 その儘お持ちになって、着いてから入国管理所の係りの入に、お見せになったらよいのです。

就那樣子帶去，到達以後再給入國管理所的人看就行啦。

A お手数を掛けました。

麻煩你了。

A 済みませんが、タバコを一つ下さいませんか。

對不起，給我一包香烟吧。

乗務員 どんなのでしょうか。ピースとホープ等が有ります。外国のタバコは、スリー5が有りますが。

什麼樣的。有〃和平〃牌，〃希望〃牌等，外國香烟有〃三五〃牌呢。

A それでは、スリー5を二つ貰いましょうか。「お」幾らですか。

那麼給我兩包〃三五〃牌的吧。多少錢？

乗務員 一ドルです。

一塊美金。

A はい一ドル。

好，一塊美金。

乗務員 有り難うございました。

多謝你。

乗務員　只今、羽田の上空に来ました。これから、着陸の体勢に入りますから、皆様、ベルトをお締めになって下さい。タバコは、暫く御遠慮下さるよう、お願いします。お腰掛けも、元の位置にお戻し下さい。

現在來到羽田機場的上空了。將要着陸，所以請各位扎緊座位的安全帶。請暫時不要吸烟。椅子要拉回原來的位置。

乗務員　羽田空港でございます。この度は、御搭乗下さいまして、有り難うございます。又此の次も、本航空の飛行機を、御利用下さいますよう、お願い申し上げます。

羽田機場到了。謝謝這次搭乘本機。拜托各位下次再利用本航空公司的飛機吧。

A　さようなら。

再見。

(三) 入國管理所

(看護照)

所員　何で来られましたか。

(いらっしゃいましたか)

為什麼來的呢？

A　留学に来ました。

(観光で来ました。工場実習(見学)に来ま

留學來的。

(觀光來的。工廠的實習(參觀工廠)來的)

した)

所員 何処の学校ですか。 是什麼學校?

(何処の工場ですか) (是什麼工廠?)

A 東京大学です。 東京大學。

(久保電機です) (久保電機)

所員 期間は、どの位ですか。 期間是多久呢?

A 二個年です。 兩年。

(二週間、一個月、四個月です) (兩星期。一個月。四個月)

所員 東京でのお泊まり先は? 在東京住的地方呢?

A 中国留学生会館です。 中國留學生會館。

(帝国ホテル、久保電機の合宿所です) (帝國飯店。久保電機的大宿舍)

所員 このカードに書いてある住所ですか。 是不是就是寫在這張卡片的地址?

A そうです。 是的。

所員 では、パスポートを、お返しします。 那麼,護照還給你啦。

A 有り難うございました。 謝謝。

(四) 稅 關

檢査員 あなたの荷物は、どれどれですか。
你的行李是那幾件呢?

A この四つです。
這四件。

檢査員 パスポートを、一寸拝見させて下さい。
護照給我看看吧。

A はい、どうぞ。
好的。請。

檢査員 はい、結構です。(返護照)
嗯,好啦。

酒、タバコ類を、お持ちですか。
有沒有酒和香烟這些東西。

A 酒を一本、タバコを五箱持っております。
酒有一瓶,香烟有五盒。

(両方とも持っておりません。
(兩者都沒有。

酒は持っていませんが、タバコは五箱持っています)
沒有酒,可是有五盒香烟)

檢査員 時計とか、宝石類は?
有沒有錶啦,寶石啦這些東西?

A 時計は、この使っている物ですが、宝石類は、持っていません。
錶是在用的,寶石這些東西是沒有的。

(時計も宝石類も、皆自分で使っている物だけです)
(錶和寶石這些東西都是自己正在用的)

検査員　このスーツケースを、一寸見せて下さい。　這隻皮箱讓我看看。

A　はい。　好的。

検査員　この箱の中は、何が入っていますか。　這盒裡有什麽東西嗎？

A　お土産に貰った人形です。　人家贈送的禮物洋娃娃。

検査員　もう結構です。どうぞお締め下さい。　都好啦。請關上吧。

A　はい。　好的。

(五)　銀　行

A　百ドルを日本のお金に、換えて下さいませんか。　請把一百元美金換日幣吧。

行員　この紙に、お名前とパスポートの番号と、それから金高を、お書き入れ下さい。　請在這張紙上寫下名字和護照號碼。還要寫金額。

A　済みませんが、ペンを一寸、拝借させて下さい。　對不起讓我借支筆吧。

行員　どうぞ。　請。

A　これでよいでしょうか。　這樣行嗎？

行員　結構です。

好的。

行員　百ドルは、三万五千六百円ですから、どうぞお改め下さい。

一百元美金是三萬五千六百元，所以請點點看吧。

A　この控えは、お帰りの時の、両替の証明になりますから、お持ち下さい。

這張存底回去的時候，可作兌換證明，所以請保留着。

A　お手数を掛けました。

麻煩你了。

（六）行　李

A　赤帽さん、この荷物を二つ、出口のバスの乗り場まで、お願いします。

紅帽子，拜托你把這兩件行李搬到出口的巴士站去吧。

赤帽　この二つですね。

這兩件嗎？

赤帽　此処がターミナールへ行くバスの、乗り場です。切符は、あそこの窓口で、お買いになってもよく、又バスの中で、お買いになる事も出来ます。

這兒　到終點去的巴士站。車票在那兒窗口買，或在巴士上買也可以的。

A　これをどうぞ。（給小費）

這請。「收下」

赤帽　はい、どうも。

嗯，謝謝。

(七) 由巴士進城

A　このバスは、何処まで行きますか。　這巴士到哪兒去呢？

車掌　プリンス、オークラ、ニューオータニ、帝国ホテル、パレスホテルへ行きます。　到王子、大倉、新大谷、帝國飯店和皇宮飯店去的。

A　神田一ツ橋に、行きたいのですが、何処まで乗ったら、よいのでしょうか。　要想到神田一橋去，該坐到什麼地方才好呢？

車掌　それは、パレスホテルまで、お乗りになって、そこからタクシーで、お出でになったら、よいと思います。　我想先坐到皇宮飯店去，從那兒再乘計程車去就好啦。

A　そうですか。じゃ、そこまでの切符を下さい。　是嗎？那麼，給我張到那兒的車票吧。

車掌　五百円頂戴します。お荷物は、二つですね。後ろの所で、お預かり致しますから。　要五百元。行李是兩件嗎？在後邊替你保管啊。

A　どうぞお願いします。　多拜托呀。

はい五百円。パレスホテルに着いたら、済みませんが、お知らせ下さいませんか。　嗯，五百元。到皇宮飯店的時侯，麻煩你告訴我吧。

車掌　承知しました。　好的。

車掌　お客さん！此処がパレスホテルの前です。お荷物を下しましょう。二つでしたね。
先生（小姐，太太）這兒是皇宮飯店前。我卸行李吧。是兩件，是不？

A　そうです。お世話さんでした。
是的。麻煩你啦。

車掌　どう致しまして。
哪兒的話。

（八）由計程車進城

A　神田一ツ橋の、中華会館まで、行って下さいませんか。
到神田一橋的中華會館去，好嗎？

運転手　一ツ橋の何番地でしょうか。
一橋幾號呢？

A　一丁目五番地です。荷物が二つ有るから、お願いします。
是一丁目（一段）五號。有兩件行李，拜托啊。

運転手　座席には入りませんから、後ろの方へ、お入れしましょう。
座位的地方放不進去，所以放在後邊吧。

A　お願いします。
麻煩你啊。

運転手　此処から、一ツ橋になりますが、一丁目の五番地ですね。
從這兒開始是一橋，「你說」一丁目五號，是嗎？

A　そうです。
是的。

運転手 この辺りかも知れませんね。　也許在這附近吧。

お客さん、いらっしゃった事が有りますか。　先生（太太，小姐）曾來過嗎?

A いいえ、有りません。始めてです。　不，沒有來過，是第一次來呢。

運転手 おお、あの建物のようですよ。中華会館と書いて有ります。　喔，好像就是那座建築物呢。上面寫着中華會館。

A ああ、本当に。　啊，眞是。

お幾らですか。　多少錢?

運転手 千四百円です。　一千四百元。

A 千五百円ですが、お釣りは結構です。　這是一千五百元，不必找錢了。

運転手 それはどうも済みません。　那眞謝謝你。

（九） 由人家領路進城

出迎人 台湾（三光公司）の、Aさんではいらっしゃいませんか。　是不是臺灣（三光公司）的A先生?

A そうです。　是的。

出迎 私は、「久保電機の」Bと申します。よくいらっしゃいました。この飛行機と伺っ　我叫B。（我是久保電機的B）歡迎您來。聽說您乘這班飛機，所以來接您的。

A　て、お迎えに上がりました。始めてお目に掛かります。お忙しい中を、「わざ〱お出迎え下さいまして」恐縮です。これから、色々お世話になります。どうぞ宜しくお願い致します。

第一次見面啊。百忙之中「特地來接我」眞不敢當。以後要請你多多關照。請指教指教。

B　いいえ、こちらこそ。お荷物はこの二つで？

彼此彼此。是這兩件行李嗎？

A　そうです。

是的。

B　今車を此処へ、回させますから、暫くお待ち下さい。

馬上叫車子駛來這裡，所以請稍等一下。

A　それはどうも済みません。

眞太麻煩你啦。

B　さあ、どうぞ。「お乗り下さい」

啊，請。「上車」

A　じゃ、お先に失礼します。

那麼，就不客氣了。

B　飛行機は、お楽でしたか。

飛機還舒服嗎？

A　はい。お天気がよくて、大変静かでした。

是的。因為天氣眞好，所以很平穩的呢。

B　それは結構でしたね。

那好極了。

A　こちらは、余り暑くありませんね。

這邊不大熱呀。

B　まだです。今丁度、いい時季ですが、もう少

還沒哪。現在正是好時節，再過一些時候就到梅雨

し経つと、梅雨に入って、じめ〳〵と、鬱陶しくなります。
季了，又潮濕又陰鬱呢。

A そうですか。それは長く読きますか。
是嗎？那會很久嗎？

B 一個月近く有りますね。それが終わると、夏になります。
約有一個月呢。那過了就是夏天了。

A 台湾も五六月頃に、一寸降り続く事が有りますよ。
臺灣在五，六月的時候也有一段期間不斷的下雨呢。

B やはり、梅雨のような物でしょうか。
也像是梅雨那樣的吧？

A 別にそのような、名称はないけれど、降り続きまして、じめじめしますね。
沒有特別像那樣的名稱，可是下個不停，很潮濕呢。

B ああ、此処が宮城前で、お泊まりの合宿所（ホテル、会館）は、もう直ぐそこですよ。
啊，這兒是宮城的前面，您住的地方，就在這兒附近呀。

A おお、此処が宮城前ですか。大厦、高楼に取り囲まれた、緑の地帯！なか〳〵奇麗ですね。
喔，是宮城前面嗎？給高樓，大厦包圍着的綠色地帶。非常漂亮啊。

B 近いから、時々散歩にいらっしゃれますよ。
因爲很近，所以可以經常來散步嘛。

A そうですか。
是嗎？

B もう着きました。この建物です。どうぞ。
已經到了。就是這建築物。請「進來」啊。

A　大変いい所ですね。
是一個很好的地方呀。

（十）住一晩的旅行

(1) 計程車

A　タクシー、ちょっと！
計程車，喂！

運転手　はい。どちらまで。
是，到什麼地方去呢？

A　東京駅まで、お願いします。少しはっきりしないお天気ですが、降るでしょうか。
請到東京火車站。天氣不大開朗，會不會下雨？

運転手　大丈夫でしょう。東の空が、段々明るくなって来ているから。
不會吧！因為東邊的天空漸漸地轉亮了。

A　そうですね。今車が、余り通っていませんね。
是呀。現在車子經過的不多嘛。

運転手　この時間は、何時も少ないんです。朝と夕方の、ラッシュアワーは、もう車の洪水ですよ。此処ら辺は。
這個時候經常比較少，早上和黃昏的擁擠時間，這些地方車子幾乎是像洪水一般呢。

A　おお、あの建物が、東京駅ですね。
喔，那所建築物就是東京火車站呀。

運転手　そうです。もう着きました。

A　お幾らですか。

運転手　六百円です。

A　じゃこれを。御苦労さんでした。

運転手　有り難うございました。

(2)車　站

A　あの—一寸お尋ねしますが、熱海行きの、切符の窓口は、何処ですか。

駅員　向かって左の、三番目の窓口です。

A　どうも有り難う。

A　熱海行きの、往復（片道）の切符を、一枚下さい。幾らですか。

駅員　千六百円です。

A　失礼ですが、十時二十分の、熱海行きの乗り場（ホーム）はどちらですか。

駅員　此処を真直ぐ行って、左の上り口を、上がっ

是的。已經到了。

多少錢？

六百元。

那麼這。「請收下」麻煩你啦。

謝謝你。

啊，請問你一下。到熱海去的車票的窗口在哪兒呢？

對面左邊，第三窗口。

謝謝你。

給我一張到熱海去的來回（單程）票吧。多少錢呢？

一千六百元。

對不起，十點二十分到熱海去的月臺在什麼地方？

從這兒一直去，再上左邊的樓梯出去的地方就是三

て出た所が、三番ホームになっています。そこでお待ちになったら、間もなくアナウンスが有ります。

A　分かりました。有り難う。

(3) 車　中

A　失礼ですが、どちらまで、いらっしゃいますか。

B　熱海まで参ります。あなたも熱海まで、いらっしゃいますか。

A　そうです。

B　そこにお住まいですか。

A　いいえ、一晩、泊り掛けで、見物して来る所です。

B　それは結構ですね。今青葉の美しい時で、それに遊客の割合に少ない時期ですから、よいですね。

號月台。在那兒等一會兒就會有消息播送的。

知道了。謝謝。

請問，你要到那兒去呢？

要到熱海去。你也要到熱海去嗎？

是的。

住在那裡嗎？

不是，要去住一晚觀光觀光。

那好極了。現在正是綠葉最美的時候，而且也是遊客比較少的時期，所以非常好呢。

A　そうですか。あなたは熱海に、住んでいらっしゃいますか。
是這樣嗎？你住在熱海嗎？

B　いいえ、子供が住んでいるので、時々遊びに行きます。
不，孩子住在那裡，所以經常到那兒去玩。

A　私は熱海は始めてで、どんな旅館に泊まったら、よいでしょうか。又何処を見物したら、よいのでしょうか。
我到熱海是頭一次，住在什麼樣的旅館才好呢？還有參觀什麼地方才好呢？

B　旅館は、色々有りますが、熱海館は、新しくて、サービスがよいという評判ですが。
旅館有許多種類，熱海旅館聽人家的批評，說是又新服務又好呢。

見物する所は、お宮の松とか、湯元とか、方方有ってね。
要參觀的地方有〃お宮の松〃啦，泉源啦，好多的地方啊。

それは、遊覧バスでお回りになったら、大抵の所へ、連れて行ってくれますよ。遊覧バスは、旅館で世話してくれるから、心配入りません。
要乘遊覽巴士遊歷的話，許多的地方都可以帶你去呢。遊覽巴士，旅館會替你安排的，所以不必放在心上。

A　その旅館は、直ぐ分かりますか。
那家旅館，馬上會找到嗎？

B　ええ、駅前から、タクシーに熱海館とおっし
嗯，從車站叫計程車只要說熱海館就會載你去的

やったら、行ってくれますよ。

啊。

A それはどうも御親切に、有り難うございました。

眞謝謝你的好意啦。

B 右の方に、富士山が見え始めましたよ。

在右邊能看見富士山了。

A おお、本当に。実に立派ですね。雪がまだ相当積もっていますね。

噢，眞的。實在很美呢。積雪還相當厚哪。

B ええ、今年は、雪が沢山降りまして、十何年振りとか、言っていましたからね。

是的。今年雪下了很多，據說十幾年來第一次呢。

もう小田原です。この次が湯が原、湯が原の次が、熱海ですよ。

已經到了〃小田原〃了。下站是〃湯が原〃〃湯が原〃再下去的站，就是熱海啊。

A お陰で、時間が早く経ちました。

由於有你，好在時間過得眞快。

B 私も良い連れが出来て、退屈しないで済みました。湯が原も温泉町で、方々から、お客さんが来ますよ。此処ら辺は、冬は、割合に暖かいから、避寒客が多くて、一年中賑わっています。

我也有了良伴不感覺無聊了。〃湯が原〃也是溫泉的城市，會從各個地方有遊客來呢。這些地方，多天比較溫暖，所以避寒的客人好多，因而一年之中總是熱熱鬧鬧的。

A そうですか。昔から有名ですね。

是嗎？自古以來就著名，是不是？

B　そうですよ。温泉地、避寒地として、知られています。

是啊。以溫泉地，避寒地而知名的。

ほら！向こうの海の上に、島が見えるでしょう。あれが、有名な大島ですよ。

瞧！在那邊海上能看見島了吧。那就是著名的〃大島〃呀。

A　ああ、あれが、椿で有名な大島ですか。三原山という火山が、有るそうですね。

啊，那是以茶花出名的〃大島〃嗎？聽說有一座叫〃三原山〃的火山，是嗎？

B　そうです。熱海から遊びに行けますよ。

是的。從熱海能到那裡去玩啊。

A　熱海から、どの位かかりますか。

從熱海到那裡要多少時間呢？

B　一時間半かかりましょう。

要一小時半吧。

おお、熱海です。さあ、荷物を下して、降りる用意をしましょう。

喔，熱海了。那麼，卸包袱，準備下車吧。

A　色々お世話さんでした。

多承你關照了。

B　じゃ、御機嫌よく。

那麼，祝你愉快。

十八、各階層會話的實態

(一) 佐藤首相和家庭主婦們談物價

首相　高いリンゴが売れるのは、問題ですよ。一つ三百円のを買うでしょ。消費者は高くても、良い物を好むから、物価が上がるんです。

貴的蘋果會暢銷是有問題的啊。三百元一個的都要買嘛。雖然貴，消費者却喜歡買，所以物價才會高漲呢。(註　でしょ＝でしょう)

主婦　そんな事は有りませんよ。私達は、五つ百円のを、買っているんです。一つ三百円のは、店頭に並んでいるだけ。売れやしませんよ。

沒有那回事呀。我們買一百元五個的啊。三百元一個的只不過擺在店頭而已。賣也賣不出去啊。

首相　僕は現地の人から、そう聞きましたよ。

我從現場的人口中聽到那樣說的嘛。

主婦　産地は高いのが、売れるって言うけど、消費地に来るまでの、中間経費が高いのよ。

生產地說貴的會暢銷，可是未到消費地之前的中間費用才貴呢。

首相　ほう。それでは、皆さんの台所を、拝見しようかな。

哦！(有那回事嗎？)那麼，我來看看大家的厨房吧。

主婦　五月にお会いした時、野菜の安売りを、奨励すると、おっしゃったけど、どうなったのかしら。

首相　この雪で、野菜、又上がるでしょうか。

主婦　無策ですね。ホントにそう公表しますよ。

首相　そりゃ困る。農林省にも伝えます。消費者から、大いにベンタツされた事にして置いて。

註　首相和消費者的主婦們互相之間以常體、敬體混合的語體講話，表示互相很親近的感情。

「上次」五月會見你的時候說要奬勵蔬菜的賤賣「現在」怎麼了？

（註　おっしゃったけど＝おっしゃったけれども）

為了這次的「大」雪，蔬菜也許會再漲價吧。

「政府」無能啊。眞的「我們」要那麼公開發表啦。

那是不可以的呀。我要「這樣」轉告農林省，就當做是「關於蔬菜的問題」爲消費者極力的督促吧。

（鞭撻）（註　そりゃ＝それは）

(二) 老前輩石井光次郎（前通産大臣）和後輩一記者的會話

記者　モスクワ、パリ、ロンドンを回って来られて、長い旅でも、大変お元気ですね。

石井　非常に忙しかったけれど、色々な人に会ったしで、大変楽しい旅でした。

記者　それだけ飛び回って来られても、健康を、維持されているというのは、学生時代の、スポ

您遊歷莫斯科、巴黎、倫敦回來。作那麼長時期的旅行，都非常健康（精神好）啊。

雖然很忙碌，可是會見了許多人，覺得是一次非常快樂的旅行呢。

飛行（跑）那麼多的地方還保持着健康，是學生時代做運動的結果，是不？

一ツの賜物ですね。

石井　お陰で、学生時分、柔道やったり、相撲やったり、ボートをやったり、遊んでおって、今は、ゴルフは、暇が有れば、日曜日でも何時でも、やっている状態です。疲れを知らないですね。

托福，學生時代練習柔道、摔角、划船等玩藝，現在啊，高爾夫球，不管是星期天或什麼時候一有空就玩着哪。眞不覺得疲勞啊。

記者　相撲や柔道は、神戸高商時代ですか。それとも、一橋の専攻部に、お入りになってからですか。

摔角，柔道是不是「從」神戸高商時代「開始」？還是，進入一橋専攻部才開始的呢？

石井　柔道は、専攻部に入っても、ずっとやっていました。相撲は、神戸時代です。

柔道進了専攻部之後仍繼續練習的。摔角「只」在神戸時代練的。

記者　それで、柔は剛を制す、という柔道精神を、体得されたわけですね。

所以才體驗了〃以柔制剛〃的柔道精神，是不是？

註　双方都用敬體説話，同時後輩的記者對前輩的石井光次郎的狀況（お元氣）和動作（來られる，維持される，體得される，お入りになる）用尊敬語。

（三）戰中派同學們（男）的會談

A 何しろ、世の中は、物凄いテンポで、どん〳〵変わって行くんで、学問も、急速に変わっちゃうから、学校時代の知識なんて、直ぐ古くなっちゃう。

因爲世界以快速不斷地變化，學問也隨之急速地改變了，所以學校時代「所得」的知識馬上就落伍了。（註 変わっちゃう＝変わってしまう。なっちゃう＝なってしまう）

B 如水会の、ビジネス・スクールを提唱します。

我要提倡「創造個」如水會的 business school

C 賛成。

贊成。

D いいですナ。

好極了。

A ビジネス・スクールという名前より、「一橋社会人大学」あたりの方が、よくないかナ。

比 business school 這個名稱「一橋社會人大學」是不是更好的呢？

E 名称は、会員に公募したら、いいですね。

名稱向會員公開徵求就好了吧。

F 如水会に、大きいのを作って、泊り込みの合宿にしたら、いいですね。

在如水會作一個大的而且能住宿的大宿舍就好了呀。

A そうなんだ。色んなコースをやれば、如水会にもお金が入るよ。

對啦。要是開了許多的課程，如水會也會賺錢呢。

註1在二次大戰中，唸大學的這些同學們，現在已是四十多歲了。因爲過去都是同學，所以互相之間說話自由而隨便，各說其自由的語體。

2片假名本來用於歐美等外來語的。現在在文章中要强調原有的日語，漢語也用了。

例　ホントニ＝本當「ほんとう」的省略音

ベンタツ＝鞭撻

ないかナ＝ないかな（感歎助詞「な」）

ですナ＝ですな（同右）

(四) 警官和其上司次長

警官　次長、交通事故です。

次長　何処だ。

警官　捨石のトンネルを、北へ出た所のカーブで、小型トラックが、崖へ突っ込んだそうであります。

次長　怪我人は？

警官　運転した人間が、捨石部落まで行って、自分で一一〇番を、掛けて来たんですから、大した事はないでしょう。

次長　同乗者はいないか。

警官　いません。只トラックが、横向きになっ

次長，有交通事故啊。

在哪兒？

聽說在〃捨石〃隧道北方出去的轉彎路上，有一部小型卡車墜落（闖進）到崖下去了。

有沒有受傷的人？

駕車人自己去〃捨石〃村叫一一〇號電話來的，所以大概沒什麼吧。

有沒有同車的人？

沒有。好像只是卡車橫轉把隧道口塞住的樣子。

て、トンネルの入口を、塞いでいるようです。

次長　よし。君とA君とで、直ぐ行ってくれ。
好！你跟A君馬上一起去吧。

(五) 兩個很親近的中年男女之間的談話

(話中人物「A子」是女性的女兒)

女　報告したい事が有ったの。
有件事要報告你呢。

男　報告？
報告？

女　A子が、結婚するかも知れないの。九分九厘決まったようなものです。
A子也許就要結婚了。差不多十分之九已經決定了的呀。

男　それはおめでとう。二十一か。早い方がいい。そして、相手は？
那恭喜妳啦，二十一歲嗎？越快越好。那麼，對方是誰？

女　この間、お正月の時、お友達のパーティーに呼ばれたんです。そのお友達の親戚の青年が、たま〳〵来合わせていて、見染めたんですわ。東京の人です。銀行に勤めている人です。
以前過新年的時候，給朋友請去參加茶會，碰巧那位朋友的親戚青年也來參加了，因而一見就愛上了她啦。是東京人，在銀行做事的。

A子は、その人の印象を、はっきり摑んでいなかったんですけれど、お母さんに任せると言っています。

A子雖然「當時」沒有把他的印象記（抓）得很清楚，不過她說，媽媽由妳打主意好啦。

男　行く気が有るんだな。

有意要出嫁嘛。

女　相手の家柄も、しっかりしてますから、A子にはよい縁談と思いますわ。

對方的家世也相當好，所以我認爲對A子是一門很好的親事呢。（註　してます＝しています）

（六）三著名女性和麵包研究家飯島（男性）談麵包

上坂　ペギーさんは、パン党ですか。

碧姬小姐，妳是喜歡吃麵包的呢？

葉山　三分の二くらいは、パンを頂いております。

我三分之二吃麵包。

上坂　安達さんは、純日本式でいらっしゃるから、パンは…。

安達小姐因爲是純日本式的所以麵包…。「也許不吃吧」

安達　私も三分の二くらいは、パン食です。

我也三分之二吃麵包啊。

上坂　私はパンを、そんなに頂かないんです。というのは、和食が好きなんですね。パンが嫌いじゃなくて、和食的なパンが、ないんから

我不大吃麵包。理由呢，是因爲喜歡日本菜。不是不喜歡麵包，是因爲沒有日本式的麵包。說起三明治就總是挾火腿啦，放煮鷄蛋啦，都是那老套，是

です。サンドイッチと言えば、ハムを挟む、湯で卵を入れる、定まり切った物でしょう？サンドイッチが好きか、嫌いかと言う事は、ハムや卵が好きか、嫌いかと言うような物ですからね。

不是？喜歡不喜歡吃三明治就等於喜歡不喜歡吃火腿和煮鷄蛋嘛。

葉山　でも、この頃お子さん方は、給食のせいですか、パンをよく召し上がりますね。

不過，孩子們最近因爲是供給午餐的緣故呢？大多吃麵包啊。

飯島　うちの母なんかも、パンを食べなかったんですがね。それは、全然食べたくないのではなくて、おいしいパンなら、食べると言う事です。そのおいしいパンとは、焼立てのパンなんです。

家母也不吃麵包的呀。那不是完全不吃，而是假如有好吃的麵包的話，就吃的。那種好吃的麵包，就是剛剛烤好的麵包呢。

上坂　ほんと、出来立てのパンは、おいしいですね。

眞的，剛剛做好的麵包是很好吃的啊。

葉山　ヨーロッパのパンは、おいしくないと思います。わたしは、アメリカのサンドイッチが、好きなんです。ハンバーガー・サンドイ

歐洲的麵包我想不好吃。我喜歡美國的三明治。總是吃〃漢巴嘎三明治〃和冷的加蛋牛奶。

ッチと、ミルクセーキばっかり食べてます。

上坂　口を大きく開けないと、食べられないサンドイッチね。
嘴沒有大大地張開就不能吃的那種三明治，是嗎？

葉山　ええ。チーズだの、オニオンだの、野菜を入れて。あれ、おいしいですね。ああいうのが、東京に有れば…。
是的。放進了乾酪啦，葱啦，青菜啦。那個，眞好吃啊。那樣的要是東京有的話…。「多麼好啊」

飯島　出来ますよ。ハンバーガーを焼いて、直ぐに焼立てのパンに、合わせて食べるんです。日本では、焼いて置いて冷えたハンバーガーを、古いパンに合わせるから、まずいんです。
可以做啊。把〃漢巴嘎〃烤一烤馬上跟烤好的麵包合在一起吃的。日本把燒好後涼的〃漢巴嘎〃合在老麵包裡吃才不好吃呢。

安達　両方焼立てと言う事が、大切なんですね。
兩者都剛剛烤好，是非常重要的啊。

註　上坂冬子＝女評論家
ペギー葉山＝女聲樂家
安達瞳子＝安達流派挿花師家

（七）家庭内的會話（父親、母親、高中二年級的男孩子）

子　お小遣い、千二百円じゃあ、足りないよ。皆、随分使っているぜ。

我的零用錢一千兩百元，不够嘛。大家都用的好多呢。

母　うちでは、三人いるんだから、お前だけ、特別上げるわけいかないよ。

我們家有三個人「在唸書的」，所以不能只給你一個人特別「多」啊。

子　そんな事言ったって、皆と一緒に、食堂にも入れやしない。

儘管那麼說，都沒法子跟大家進餐館呢。

母　高校生で、一々そんな所へ、付き合わなくてもいいじゃないの。

以高中學生「的身份」來說，那樣的地方不必一一作陪才好嘛。

子　だって皆、入っているよ。

可是大家都去啊。

母　あなたの学校は私立だし、お金持の家が多いから、贅沢だっていう事は、分かっているのよ。でもね、うちは、そんなお金持じゃないし、我慢しなくちゃ。

我知道你的學校是私立的，而且有錢的家庭很多，所以很奢侈。可是我們的家庭不是那樣有錢的，所以非忍耐不可呀。

子　僕だけ、つまんないや。

只有我一個人，眞沒意思呀。

父　そんな事言ったってな、お父さんなんかの、子供の時と比べて見なさい。田舎から出て来たんだよ。田舎のうちは、財産は有っても、

你儘管那麼說吧，跟爸爸的小時候比比看。爸爸是從鄉下出來的。鄉下的家雖然有財產，可是現款却很少，所以爸爸所謂的零用錢差不多等於沒有的。

現金は少ないんだから、お父さんなんか、お小遣いと言う物は、殆どなかったんだよ。東京に家が有る人や、お金持の友達に比べて、何時も惨めな思いをしていたんだ。

子　僕だって惨めな思いを、する事が有るんだ。

父　お前のお母さんだって、そうだよ。お祖父さんが、早く亡くなったから、高等女学校へ、入れて貰えただけでも、有り難いと思って、外はじっと我慢して来たんだそうだよ。惨めなのは、自分だけと、思っているかも知れないが、世の中には、案外独りで、惨めな思いを、噛み締めている人が、多いかも知れないんだ。

子　………

父　食堂に付き合えないなどと言う事は、ちっとも恥ずかしい事じゃないんだよ。人間として恥ずかしい事を、自分がしていなければよい

跟在東京有家的人或者有錢的朋友相比，經常都感覺到悲慘呢。

我有時候也會感覺到悲慘啊。

而你媽媽呀，也是同樣的呢。聽說外公早就過世，所以只（能够）讓她進入高等女學校（女中）就覺得十分感謝了，其他都默默（靜靜）地忍耐過來的啊。你也許認爲悲慘的人只有自己一個吧，可是世上說不定獨自咬着牙在忍耐悲慘的人意外地多呢。

………

不能作陪到餐館去絕不是一件可恥的事呀。爲人自己沒有做可恥的事就行了，並且要抱有把「朋友的」誘惑堂堂地挺着胸拒絕的勇敢精神。人要有拒

ので、堂々と胸を張って、誘いを断る位の、気持を持ちなさい。人間には、断わる勇気が、必要なんだよ。あっちで誘われ、こっちで誘われ、イエス、イエスばっかり言っているようじゃ、大成しないぞ。

絕的勇氣呀。像是在那邊給邀請，在這邊給邀請，光是說〃是，是〃就不能有大成就啊。

子　……

……

父　お父さんなどが、学生の頃、惨めだと考えていた事は、今考えると、何でもない事だったよ。ノーと言う勇気や、じっと我慢すると言う事を、知った事なんか、却ってよかったくらいだぞ。

爸々在學生時代覺得悲慘的事，現在想來眞是件小(簡單的)事情呢。反而有了說〃不〃的勇氣並且靜靜地忍耐覺得很有意義的啊。

子　……

……

(八) 學生間的會話

(1) 高中男學生互相之間

A　おい、通信簿どうだった。

喂，「你的」成績單怎麼樣?

B　駄目だ。先学期より悪くなっちゃったよ。悲しいな。英語は「2」なんだ。軽蔑するなよ。

不行啊。比前學期退步了。我眞悲哀呢。英語是「2」。不要看不起我呀。

A　そうか。僕は少し良くなったよ。英語は「5」だ。

是嗎？我好些了。英語是「5」。

B　ついているな。

你運氣好呀。

註：小學校，中學校成績分成五階段。其分配「5，1」爲是全班學生的7%，「4，2」爲24%，「3」爲34%，所以「3」可說是普通程度。「なっちゃった」＝「なってしまった」

⑵高中男女學生和記者的會話

記者　友達との話題は、どんな事。

明友之間的話題是什麼？

女学生　先ず進学が一番ですね。でも、女の子の場合だけかも知れませんが、それ程進学々々で、暗い氛囲気はないと思います。勉強する時はする、遊ぶ時は遊ぶという風で。

大概關於升學的最多吧。可是，也許只是女孩子的場合吧，我想沒有那麼多人因爲升學，而使氣氛黯淡的。用功的時候認眞用功，玩的時候儘量玩，就是這樣子啊。

男学生(1)　僕達も、毎年技能検定が有りますから、勉強だけは、皆しています。

我們也因爲每年有技能檢定考試，所以對於學習大家都認眞努力哪。

男学生(2)　クラスの氛囲気に依って、生徒のタイプが

由於班的風氣而造出了一班一班學生的典型啊。

出来ますね。ガチガチ勉強する者が集まったりして。でも、僕個人は、それ程ガチャガチャじゃなくて、適当にやる。クラブ活動やりたいと思ったら、やってしまうし。

記者　それで進学に失敗したら…と思わないの?

男学生(2)　多少思うけど、自分でやりたくてやったんだから、仕様がないって……。

孜孜不倦地用功的人都會集中在一起。不過我自己沒有那麼孜孜不倦地唸書，只是適當地唸呢。俱樂部的活動想要參加的話，就參加了。

有沒有想到要是升學失敗的話…。

多少會想到的，可是自己很想要參加的，所以不得已呢。「會這麼想」

(3) 大學女生之間（C是話中人物，而是A子B子高中時代的男同學）

A子　あら、いらっしゃい。

B子　随分薄暗い廊下ねえ。昼でも電灯を点けなきゃならないみたい。
はい　子供の日のお海苔巻!

A子　まあ、嬉しい。有り難う、*B*子さん。

B子　如何?　此処の下宿生活は。

A子　とてもいいわよ。お食事はおいしいし、小父さん、小母さんもいい方だし、それに大学の

哎呀，歡迎歡迎。

非常黑暗的走廊呀。好像白天都要開電燈似的。

（註　点けなきゃ＝点けなければ。子供の日＝五月五日）

嗨，兒童節的海苔卷。（紫菜包的飯糰）

哇，眞高興。謝謝啊，*B*小姐。

怎麼樣?這裡的寄宿生活。

非常好啊。飯好吃，而且叔叔和嬸嬸人也很好，又是大學的傍邊。好像住在校內一般的啊。値得感謝

直ぐ側ですもの。構内にいるみたいよ。有り難いわ。　哇。

B子　Cさん遊びにいらっしゃる？　C先生來了玩嗎？

A子　いいえ、まだよ。　不，還沒有呢。

B子　あの人、ドクターコースですって。勉強家なのね。　聽說他唸醫學課程。是一位肯努力唸書的人呀。

A子　そうね。　是啊。

十九、實際會話上最常用的口頭語

(一) さ　あ……

(1) 「さあ」用緩慢的語調

A　台中へ*B*さんも、行かれますか。（いらっしゃいますか）　*B*先生（小姐）也要到臺中去嗎？

C　さあ。　嗯，這…。「不大清楚」

（さあ、よく分かりません。之意）　嗯，這…不大清楚。

（さあ、聞いておりません。之意） 嗯，這…我沒有聽說呀。

(2)「さあ」用緩慢的語調

A Cさん、この問題、あなた分かりますか。 C先生（小姐）這個問題你會不會？（懂不懂）

C さあ。 嗯，這…嘛。

（さあ、どうかな。さあ、どうかしら。之意） 嗯，這，到底怎麼樣？（會不會呢？沒有把握）

(3)「さあ」用急高的語調

A さあ、行こう。（行きましょう） 喂，「我們」去吧。

C ええ、行こう。（行きましょう） 嗯，去吧。

(4)「さあ」用急高的語調

A さあ、どうぞ。 啊，請呀。

「お入り下さい」 啊，請進來。

「お掛け下さい」 啊，請坐呀。

「お使い下さい」 啊，請用吧。

「お上がり下さい」 啊，請上來呀。請吃呀。

「こちらへ」　啊，請這邊坐。請到這邊來。

「お茶を」　啊，請喝茶呀。

「お菓子を」　啊，請用點心呀。

「お始め下さい」　啊，請開始吧。

C　はい。　好的。

(5)　(4)的「さあ」的强意

A　さあ、さあ。　請請。快快呀。

C　はい、有り難う。　好的，謝謝。

(二)　どうも

(1)

A　それは、どうも。　那實在……。(眞…)

「御苦労さん」　那實在辛苦啦。

「有り難う」　那眞謝謝你。

「済みません」　那眞過意不去。

「お手数を掛けます」　那太麻煩你啦。

「失礼しました」　那眞對不起。

「お邪魔しました」　那眞打擾你了。

C　いいえ、どう致しまして。　不，哪兒的話。

(2)

A　先日は、どうも。　前些日子，眞…。

「失礼しました」　前些日子，眞對不起了。

「有り難うございました」　前些日子，眞謝謝你了。

「お邪魔しました」　前些日子眞打擾你了。

「お手数を掛けました」　前些日子，眞麻煩你了。

C　いいえ、どう致しまして。こちらこそ。（いいえ、こちらこそ）　不，哪兒的話，我才是呢。（不，彼此彼此）

(三)　どうぞ　請。

お入り下さい。　請進來。

お掛け下さい。　請坐啊。

A　どうぞ、

お上がり下さい。　請上來啊。請吃啊。

お休み下さい。　請休息啊。

お引き取り下さい。　請退出啊。請領回啊。

お願いします。　請幫忙。拜托你啦。

お忘れなく。　請不要忘記。

宜しく。　請指教。請代向大家問好。

又。　請再來吧。

こちらへ。　請到這邊來。

お茶を。　請喝茶。

お菓子を。　請用點心。

お大事に。　請保重啊。

お先に。　請先走啊。（先用，先做）

お楽に。　請寛坐啊。

御自由に。　請隨便啊。請自由呀。

C　はい。　好的。

（四）一つ　一個。一杯。一些。一下。

(1)

A　アイスクリームを一つ下さい。　　給我一個。(一杯)冰淇淋吧。

店員　はい、アイスクリームを、お一つ。　　嗨，冰淇淋一個。(一杯)

(2)

A　まあお茶を一つ。(お菓子を一つ)　　啊，請喝一杯茶。(吃些點心吧)

C　はい、有り難う。　　好的，謝謝。

(3)

A　就職の事、一つお願いします。(一つ御心配下さい。一つお手伝い下さい)　　就業的事，拜托你一下。(請你關照一下。請你幫忙一下)

C　はい、承知しました。(心掛けております)　　是，好的。(我會留意啊)

(4)

A　一つ失礼します。　　先告辭啦。(打擾一下啊)

C　ええ、どうぞ。　　嗯，請啊。

(5)

A　一つしくじったら、大変(たいへん)ですね。　一失敗的話，就不得了了啊。

C　そうですよ。　可不是嗎？

(6)

A　一つ位(ぐらい)、いいでしょう。　一點點，可以嗎？

C　いいえ、駄目(だめ)です。　不，不行啊。（不可以的）

(7)

A　一つ位、いいじゃありませんか。　一點點（一些）沒關係嘛。

C　いいえ、全然(ぜんぜん)駄目です。　不，完全不行啊。（不可以呀）

（或、そうでしょうか）　（是嗎？是那樣嗎？）

（註　(6)，(7)在酒席勸人家喝酒時常用。

(五)　一寸(ちょっと)　喂，稍微。一點。一些。

(1)

A　一寸(ちょっと)、Cさん。　　喂，C先生。(小姐)

C　はい、何(なん)ですか。Aさん。　　嗯，是什麼事？A先生。(小姐)

(2)

A　一寸、一寸！　　喂，喂

C　私(わたくし)の事(こと)？　　是我嗎？

A　そうです。　　是的。

(3)

A　それは一寸……。　　那有一點。(有些)

「困(こま)ります」　　那有一點不方便。(不好。爲難)

「言(い)えませんね」　　那有些不能說出來啊。

「出来(でき)ませんね」　　那有一點困難。稍微不會啊。

「信(しん)じられません」　　那有一點不能相信。

C　そうでしょうか。　　是嗎？

(4)

A　一寸、頼みます。
行って。
待って。
読んで。「下さい」
書いて。
食べて。
来て。

C　はい。

拜托你一下。
去一趟吧。
等一等啊。
讀一讀啊。
寫一寫啊。
吃一吃吧。
來一下啊。
好的。

(5)

A　こんな事を言うなんて、一寸失礼ね。
C　本当に、一寸失礼ね。

說出這種話，有些不禮貌吧。
眞是，有些不禮貌呀。

(6)

A　この方が、一寸よさそうですね。
C　ええ、一寸よさそうですね。

這邊像是好些呢。
是的，好像好些啊。

（六）如何？（如何ですか）　怎麼樣？好嗎？

(1)

A　この頃、如何？　近來怎麼樣？好嗎？

C　相変らずです。　仍舊好啊。一向很好啊。

(2)

A　皆さん、如何？　府上都好嗎？

C　ええ、お陰で。　嗯，托福托福。

(3)

A　日本の旅行、如何？（如何でしたか）　日本的旅行怎麼樣？好嗎？

C　大変よかったです。　非常的好。

(4)

A　このお菓子を如何？　吃這點心怎麼樣？（吃吧）

C　有り難う、頂きます。　謝謝。要吃啊。

(5)

A　このお菓子は、如何？　這點心怎麼樣？好不好？

C　大変おいしいですね。　非常好吃呀。

(6)

A　お酒を一杯、如何？　喝一杯酒怎麼樣？

C　有り難う。お酒は駄目ですね。　謝謝。酒不行呢。

（或、有り難う。じゃ一杯、頂きましょう）　謝謝，那麼喝（給我）一杯吧。

(7)

A　お祖父さんの御病気、その後如何？　令祖父的病後來怎麼樣？好嗎？

C　お陰で、少しよくなりました。　托福，稍微轉好了。

註　代替「如何」可以用「どう」。不過這比「如何」語氣隨便得多。

附錄

第一章 日語中的外來語

一、歐美語

日語自古以來總是不斷地吸收外來語成長壯大。千餘年前，先吸收我國語言。四百多年前，再吸收一些跟基督教一齊傳入的葡萄牙語，及荷蘭語等等。

例如：

パン（麵包）　ボタン（鈕扣）　カステラ（蛋糕）

タバコ（香烟）　ラシャ（呢絨）　ビロード（天鵝絨）　以上葡萄牙語

メス（手術，解剖用的小刀）　ゴム（橡皮）　ガラス（玻璃）

ラッパ（喇叭）　ブリキ（馬口鐵）　コンパス（圓規）　以上荷蘭語

明治以後接受了德語（醫藥學方面），法語（在美術，烹調，服裝方面），義大利語（在音樂方面）和英語等歐洲語言。這些語言現在日子久了都變成歸化語了。

例如：

アレルギー（體質對藥物，食物等的一種反應，障礙）

アスピリン（阿斯匹靈）　ヨードチンキ（碘酒）
ヒステリー（歇斯底里）　チブス（傷寒病）
カルテ（病症錄）　レントゲン（愛克斯射線）以上德語
デッサン（素描）　アトリエ（畫家，彫刻家的工作房）
メニュー（菜單）　オードブル（前菜）
ア・ラ・モード（最新流行）　ズボン（西裝褲子）　以上法語
ソプラノ（女高音，女高音歌手）　アルト（女的低音聲部，其歌手。或相當於這的樂器）
ソロ（獨唱，獨奏）　アレグロ（快板）　以上義語

第二次大戰以來和美國在政治、經濟、軍事上有了很頻繁的接觸，美國英語大量地以很快的速度流進日語裡。再者由於大衆傳播工具マスコミ（廣播、報紙、電影、電視）的發達，メーカー（生產者）激烈的宣傳，使這現象更加速度的發展。美國英語爲主的外來語汜濫於日本常用語中，同時也塑造了不少日英複合語及日製英語。

例如：

オール棚ざらえ　（總清理存貨大賤賣）
システム化　（組織化，系統化）
フル回転　（全廻轉）
大手メーカー　（製造大宗交易貨的人或工廠）

教育ママ（對孩子的教育特別熱心的母親）
急ピッチ（快速度） 以上日英複合語
ゴルデンウイーク（放假特別多的星期。如四月底到五月初）
アイスキャンデー（冰棒）
ステージママ（讓孩子上舞臺表演而自己當其經紀人的母親）
オールドミス（老孃）
ゴー・ストップ（交通標誌的紅綠燈）
ナイター（晚間的棒球比賽） 以上日製英語

有人在預言，二十一世紀是英語在日語中普遍化的世紀。在這兒從日常看到的雜誌，報紙上抄錄一些外來語以便讀者做參考。

註 表中的「法」、「德」、「蘇」、「荷」、「義」、「希」、「日」是表示「法語」、「德語」、「蘇聯語」、「荷蘭語」、「義大利語」、「希臘語」和「日製英語」。

ア部

	原 音	日人所用的主要意義
アイシャドー	eye-shadow	眼眶的陰影。化粧品名
アイスキャンデー（日）	ice-candy	冰棒
アイスボックス	ice-box	冰箱
アイソトープ	isotope	同位素

アイデア	idea	理想。着想
アイロン	iron	熨斗
アウトサイダー	outsider	門外漢。局外人
アーケード	arcade	商店街
アース	earth	地線。地球
アクセサリー	accessory	服装附屬品
アッセンブリー	assembly	裝配
アッピール	appeal	引起共鳴而受歡迎。要求
アドバイス	advice	勸告。建議
アナ＝アナウンサー	announcer	報導人員。播音員
アパート＝アパートメントハウス	apartment-house	公寓
アブノーマル	abnormal	變態的。不正常的
アプレゲール	（法）apres-guerre	戰後。戰後派
アベック	（法）avec	成雙的男女
アマ＝アマチュア	amateur	業餘的。愛好者
ア・ラ・モード	（法）a la mode	最時髦的
アリバイ	（法）alibi	不在現場的證明

アルコール　alcohl　酒。酒精

アルバム　album　相片簿

アルミ＝アルミニウム　aluminium　鋁。鋁製

アレルギー　（德）allergie　異常體質

アレンジ　arrange　佈置。整理。安排

アンケート　（法）enquete　測驗。查問

アンコール　（法）encore　要求重演。安可

アンテナ　antenna　天線

IBM（アイビーエム）　international business machine　國際商業機器公司或其公司造的所有自動機械的通稱

イ部

イメージ　image　像。觀念

インスタント　instant　即刻可以用的食品

インターン　intern　醫院實習或實習醫生

インタビュー　interview　會見。接見

インテリ＝インテリゲンチャ　（蘇）intelligentzia　知識份子或其階級

インフレ＝インフレーション inflation 通貨膨脹

ウ部

ウイークエンド weekend 週末

ウイークデー weekday 週日。平日

ウーマンリブ＝ウーマン・リベレーション woman liberation 女性解放運動

ウエート weight 重量。重點

ウエット（日）wet 富於情緒的

ウルトラ ultra 超。極。急進主義者

エ部

エアコン＝エアコンディショニング air conditioning 屋裡的空氣調節（的設備）。空調

エキストラ extra 電影等的臨時雇員。號外

エキスポ expo＝exposition 博覽會

エコノミックアニマル（日）economic animal 對外國經濟上，只顧自己利益的日本人

エゴ＝エゴイスト egoist 利己主義者

エスカーレートする（日）escalate 自動地升高或增加

エチケット	（法）etiquette	禮儀。禮貌
エネルギー	（德）energie	精力。能力
エリートコース	（法）elite course	優秀的經歷。秀才的進路
エログロ＝エロチックとグロテスク	erotic and grotesque	情慾（挑情）的而怪奇的
エンジョイ	enjoy	享受。享樂
エンジン	engine	發動機。（引擎）
エンスト＝エンジンストップ	engine stop	引擎故障而不動

オ部

オーダー	order	訂。訂貨。訂購
オーダーメード	（日）order-made	訂做的（西裝、貨品）。(ready-made)的對比
オートレーサー	auto-racer	汽車，機車賽跑的人
オートメ＝オートメーション	automation	自動操作
オーバー	over	超過。過度。外套
オートマチック	automatic	自動的
オールスターキャスト	all star cast	著名演員總出場表演
オールドミス	old-miss	老孃

オールバック	(日) all-back	男人的頭髪沒有分開完全梳向後面的
オールマイティー	almighty	全能的。撲克牌最强的牌
オフィスレディー	office-lady	女辧事員
オブジェ	(法) objet	物體。花道方面以花以外的材料來構成作品的
オペラ	opera	歌劇
オリンピック	olympic	世界運動會
オンパレード	on-parade	大行進。總出場表演
OL（オーエル）	office-lady	女辧事員

カ部

カーテン	curtain	窗布。障壁。幕
カード	card	紙牌。卡片
カーブ	curve	曲線。彎曲。曲球
カーペット	carpet	地毯
カウンター	counter	賬房。計算器
カタログ	catalogue	商品目錄
カツ＝カツレツ	cutlet	油炸的塗麵粉的豚肉，牛肉

カット		**cut**	截斷。挿畫
カップル		couple	夫婦。一對
カバー		cover	蓋。罩。加以封面的。封面
カムバック		comeback	復舊。歸來
カムフラージュ	(法)	camouflage	掩飾。僞裝
カメラ		camera	照相機
カメラマン		cameraman	照相家。攝影技師
カラー		collar	襟領
カラーテレビ		colour television	彩色電視機
カルシウム		calcium	鈣
カレーライス		curry-rice	加里飯
カレンダー		calendar	日曆
カロリー	(德)	kalorie	熱量
カンニング		cunning	考試時的作弊
ガード		guard	防衞。防護
ガードマン		guard-man	防衞人員。保鏢
ガイド		guide	領路或領路的人

ガス gas 煤氣。氣體

ガンブーム (日) gun-boom 玩鎗的流行。打獵風氣的流行

キ部

キーパンチャー key-puncher 電子計算機的打卡人員

キャッチする catch 抓住。捕

キャッチフレーズ catch-phrase 强調特徵，長所的語句。宣傳句。標語

キャバレー (法) cabaret 有舞臺的酒店

キャプテン captain 運動主將。船長

キャンデー candy 糖果

キャンペーン campaign 選擧運動。宣傳活動

キャンプ camp 露營

キングサイズ kingsize (d) 特大號

ギャップ gap 失和。裂痕

ギャラ＝ギャランティー guarantee 待遇。謝金。出演料

ギャング gang 盜匪。暴力團

ギャンブル gamble 賭博

ク部

クイズ　quiz　猜謎。質問。考問

クーポン　(法) coupon　優待券。聯票

クッション　cushion　氣褥。坐褥

クライマックス　climax　最高潮

クラス　class　級。班

クラブ　club　俱樂部。集合所。團體。打棒

クリーニング　cleaning　洗濯。清潔

クリスチャン　christian　基督教徒

クレーム　claim　要求。要求補償

クローズアップ　close-up　放大照射

グラフ　graph　畫報。圖表

グラマーガール　glamour girl　個子大而有魅力的美麗女孩子

グリル　grill　高級的一品西菜館。烤肉

グループ　group　一群。集團。伙伴

グロッキー　groggy　拳鬪時挨打或疲勞變成搖擺不定的狀態

グロ＝グロテスク　(法) grotesque　怪奇的形狀

ケ部

ケース	case	盒子。事件。場合
ケチャップ	ketchup	茄汁。番茄醬
ゲイボーイ	（日）gay-boy	女裝的男人
ゲイバー	（日）gay-bar	有 gayboy 的酒吧
ゲート	gate	門。進口
ゲーム	game	比賽。競技分數
ゲスト	guest	客人。特別演出者
ゲバ＝ゲバルト	（德）gewalt	暴力。腕力
ゲバ棒(ぼう)		學生暴力團用的棍子。（方材）槓子
内(うち)ゲバ		學生運動，在同派中的內鬨
ゲリラ	guerilla	遊擊隊（戰）

コ部

コース	course	進路。課程
コーチ	coach	指導。訓練。指揮

コーナー　corner　角。專門店。百貨店中出售處的一區域
コスト　cost　成本。生產原價。價錢
コネ＝コネクション　connection　連繫。門路。人情
コマーシャル　commercial　商業的。生意的
コミッション　commission　佣金。賄賂
コレクション　collection　收集品。珍藏品
コロッケ　（法）croquette　碎肉和馬鈴薯用油炸的
コンクール　（法）concours　競賽會。競演會
コンクリート　concrete　混凝土
コンサート　concert　音樂會
コンサルタント　consultant　企業診斷員或顧問
コントラスト　contrast　對照。對比
コントロール　control　調節。制限。控制
コンパス　（荷）kompas　兩脚規。人脚
コンビ＝コンビネーション　combination　結合。搭配。襯衣和內褲的接連的
コンピューター　computer　電子計算機。電腦
コンプレックス　complex　低劣感。自卑感。複合體。複雜的

ゴー・ストップ	(日) go-stop	交通標誌的紅綠燈
ゴールイン	(日) goal-in	進入決勝點。達成目的
ゴールデンウイーク	(日) golden-week	放假特別多的星期
ゴシップ	gossip	閒話。風聞

サ部

サークル	circle	圓圈。伙伴。同好者的集團
サービス	service	服務。款待。百貨店的特價品
サイズ	size	大小。尺寸
サイダー	cider	西打。汽水
サイドビジネス	side-business	副業
サイン	sign	簽字。暗號。信號
サウナ	sauna	蒸氣浴
サボ＝サボタージュ	(法) sabotage	怠業
サラダ	salad	西餐的生菜。沙拉
サラリーマン	salaried man	拿薪水的人
サロン	(法) salon	客廳。美術展覽會。高級酒館

サンタクローズ Santa-Claus 聖誕老人
サンドイッチマン sandwich-man 前後面吊着廣告牌宣傳的人
サンプル sample 樣品。標本

シ部

シーズン season 季節。最適期間
シーツ sheet 床單
シート seat 座位。椅子
システム system 組織。法式
シナリオ scenario 劇本
シャツ shirt 襯衣。上衣
シャットアウト shutout 關閉工場。把人關在門外不讓進來
シャンデリア (法) chandelier 裝飾電燈
シャンプー shampoo 洗髮劑。洗頭髮
シュプレヒコール (德) sprechchor 數人合唱般地說出同一口號或臺詞
ショー show 展覽會。展示。戲劇的演出
ショール shawl 披肩。圍巾

ショーウンドー	show-window	陳列窗
ショック	shock	衝擊。衝動。打擊
ショッピング	shopping	購物
シリーズ	series	戲，競技，書等連續的演出或出版
シーン	scene	舞臺面。場面
シンボル	symbol	象徵。符號
ジャーナリズム	journalism	報紙，雜誌，廣告事業
ジャーナリスト	journalist	記者
ジャズ	jazz	爵士樂
ジャム	jam	果漿用糖煮成醬
ジャンボ	jumbo	七四七的巨型飛機
ジャンル	（法）genre	部門。部類
ジュース	juice	果汁
ジレンマ	dilemma	窮境。進退兩難
GI（ジーアイ）	Government Issue	美國兵
Gメン（ジーメン）	government men	美國聯邦檢察局的搜查警官
GNP（ジーエヌピー）	gross national product	國民總生產。國民總所得

ス部

スイッチ	switch	開關。開閉器
スーツ	suit	男子的一套衣服。一套的衣服
スーパー	super	超…。特…。超級市場的省略語
スーパーマケット	super-market	超級市場
スーパーマン	super-man	超人。有特別優秀能力的人
スープ	soup	湯
スカート	skirt	裙子
スカイライン	skyline	山頂的路。天空和大厦，山或水的界線
スカウト	scout	找出新人或選手（的人）
スカラシップ	scholarship	奬學金
スキャンダル	scandal	醜聞事件
スクープ	scoop	摘取（消息）。抄取。特別消息（報社）
スクラップ	scrap	廢鐵。鐵屑。摘錄
スクリーン	screen	銀幕。屏風
スケール	scale	規模。大小

スケジュール	schedule	時間表。預定計劃。日程表
スコア	score	得分數（表）
スター	star	明星。著名的演員
スタート	start	出發。開始
スタグフレーション	stagflation	景氣停滯下的通貨膨脹。不景氣下的物價漲高
スタッフ	staff	部員。本部。陣容。幹部
スタミナ	stamina	精力。持久力
スタンド	stand	觀覽席。賣店。電燈臺
スチーム	steam	蒸氣
ステーキ	steak	烤的牛肉
ステージ	stage	舞臺。臺
ステップ	step	步調。踏臺
ストーブ	stove	火爐
ストッキング	stocking (s)	長襪子
ストック	stock	在庫（品）。股份。股票
ストップ	stop	停止
スト＝ストライキ	strike	同盟罷工

ストライク	strike	打擊
ストリップ	strip	在舞臺上脱衣成爲裸體
ストレス	stress	壓迫。對於精神刺激的肉體反應
スナップ	snap	快拍的相。快照
スパイ	spy	密探。偵探
スピーチ	speech	演講。談話
スピード	speed	速度
スペース	space	空間。宇宙。餘白
スポーツ	sports	運動。競技
スポットライト	spotlight	舞臺上的集中射光。衆目昭彰
スポンサー	sponsor	廣告主。支援主
スマート	smart	優雅。苗條。瀟灑
スマイル	smile	微笑
スムーズ	smooth	流利的。流暢的
スモッグ	smog	烟霧
スランプ	slump	低調。突然的不振。暴落
スリラー	thriller	富於刺激性的小說戲劇等

スリル　thrill　刺激。戰慄

スローガン　slogan　廣告標語。口號

スロ・モ＝スローモーション　slow-motion　慢動作。畫面的慢動作

セ部

セールスマン　salesman　店員。推銷員

セクト　sect　學派。黨派

セコハン　second-hand　舊貨

セット　set　一套。一組。女人的整髮

セミナー　seminar　研究室。大學生研究，討論的課程

センセーション　sensation　世上的名聲。感動

センター　center　中心。本部

センチ＝センチメンタル　sentimental　多感的。感傷的

ゼネスト＝ゼネラルストライキ　general strike　總罷工

ゼミ＝ゼミナール　（德）seminar　研究室。大學生研究，討論的課程

ゼロ　zero　零點。最低。最糟的爲人

ソ部

ソーセージ	sausage	臘腸
ソックス	socks	短襪子
ソプラノ	（義）soprano	女高音
ソロ	（義）solo	獨唱。獨奏
ソング	song	歌謠

タ部

ターミナル	terminal	終站。出發站。期間（大學的）
タイアップ	tie-up	合同。協同
タイツ	tights	緊身的衣、褲
タイトル	title	稱號。表題。字幕
タイプ＝タイプライト	typewrite	打字
タイプ	type	型
タイミング	timing	時間安排。合於時機
タクシー	taxi	計程車
タッチ	touch	接觸。手法

タブー　taboo　禁止。禁忌。禁止使用
タレント　talent　才能。歌手。演技者
タンカー　tanker　石油輸送船
タンク　tank　戰車。貯藏器
ダイヤル　dial　數字盤
ダウン　down　下來。打輸。死
ダットサン　(日) datsun　小型汽車牌名(日產)
ダブル　double　雙重的。兩倍。雙打(網球、桌球)
ダム　dam　壩。堰
ダンスホール　dance-hall　舞廳
ダンピング　dumping　虧本大抛售。傾銷
ダンプカー　dumpcart　能傾斜卸貨的卡車

チ部

チーズ　cheese　乾酪
チーム　team　組。隊
チームワーク　team-work　共同作業

チェック	check	對照。支票
チャーター	charter	傭船或飛機。憲章
チャーミング	charming	令人迷惘的。可愛的
チャンス	chance	好機會。運氣來到
チャンネル	channel	頻道。水路。海峽
チャンピオン	champion	選手。選手權保持者。鬪士

テ部

テーマ	（德）thema	題目。主題
テキ＝ビーフステーキ	beefsteak	牛排。烤牛肉
テキスト	text	教課書。原文
テクニック	technic	手法。技巧
テスト	test	檢查。考試
テトロン	（日）tetoron	聚酯纖維的產品名。特多龍
テニス	tennis	庭球。網球
テレタイプ	teletype	自動電信打字機
テレビ＝テレビジョン	television	電視。電視機

テロ＝テロリスト　terrorist　暴力主義者。暴力
　　　テロリズム　terrorism

テンプラ　（葡）tempero　油炸的食物。鍍金的

テンポ　tempo　進行。速度

データ　data　資料。材料

デート　date　日期。約會。年代

デコレーション　decoration　裝飾

デザイン　design　設計。計劃

デスク　desk　桌子。報社指揮取材編輯的人

デパート＝デパートメントストア　department store　百貨店

デビュー　（法）debut　初登臺。總出場

デマ＝デマコギー　（德）demagogie　謠言。惡性煽動

デモ＝デモンストレーション　demonstration　示威運動

デラックス　（法）de luxe　豪華（法語的英語讀法）

ト部

トイレ＝トイレット　toilet　化粧室。厠所

トータル　total　全體。總額

トーナメント tournament 比賽。競技

トップ top 第一。頂端。最高

トピック topic 話題。事件

トラブル trouble 煩惱。糾紛。麻煩的事

トランプ trump 紙牌。撲克牌

トリック trick 奸策。欺騙

トレーニング training 訓練。調教

ドライ （日）dry 乾脆想通的。非人情的（wet）的相反

ドライブ drive 駕車。把球打遠

ドラマ drama 戲曲。演劇

ナ部

ナイター （日）nighter 晚間的棒球比賽

ナンセンス nonsense 無意義。不足取的。全面否定（學生運動語與〃異議無し〃成對比

ナンバーワン number-one 第一人者。出名人物

ニ部

ニックネーム　nickname　愛稱◦綽號

ニュース　news　報紙◦記事◦消息

ニュータウン　new-town　新都市◦新社區

ニューファッション　new-fashion　最新流行

ニューフェース　(日) new-face　新人（用於電影界等）

ニューモード　new-mode　新流行的

ニュールック　new-look　新型服裝

ネ部

ネオンサイン　neon-sign　霓虹燈

ネガ＝ネガチブ　negative　否定◦底片

ネクタイ　necktie　領帶

ネッカチーフ　neckerchief　薄的圍巾

ネック　neck　頸◦隘路

ノ部

ノイローゼ (德) neurose 神經症。神經衰弱

ノーコメント no comment 沒話可說。沒意見

ノータッチ no touch 勿觸。無關係

ノーマル normal 正常。標準的

ノックアウト knockout 拳鬪把對手打倒。棒球打得使對方換投手

ノンストップ nonstop 不停車。直達的

ノンポリ＝ノンポリシー non policy 沒方策。沒方針。沒意見。不屬於什麼黨派的（學生運動語）

ハ部

ハイカラ high collar 摩登

ハイキング hiking 徒步旅行

ハイク hike 同右

ハイジャック hijack 刼機

ハイツ heights 高地。高地集團住宅

ハイライト high-light 畫，相面光線最强而最亮的地方。競技，戲劇最精彩的地方

ハズ＝ハズバンド husband 丈夫

ハッスル hustle 有精力的活動

ハプニング	happening	偶然發生的事件
ハンガー	hanger	懸掛者。鈎。掛環
ハンスト＝ハンガーストライキ	hunger strike	絕食罷工
ハンデ＝ハンディキャップ	handicap	課於優秀者的負擔或分數(高爾夫球)。不利的條件
ハンドバッグ	handbag	女人的手提包
ハンドル	handle	把手。舵輪
バーテンダー	bartender	在酒吧工作的男人
バイタリティー	vitality	生活力。元氣。活力
バイト＝アルバイト	(德) arbeit	學生課餘的副業。工讀
バイヤー	buyer	外國的購買者。買主
バカンス	(法) vacance	休假。遊山玩水
バスタオル	bath-towel	浴巾
バックボーン	backbone	脊椎。骨氣。堅定的信念。主力
バトン	baton	棒。指揮棒
バドミントン	badminton	羽毛球
バラエティー	variety	變化。雜耍—有歌謠、跳舞、音樂等的輕鬆劇
バランス	balance	平衡

バリケード		barricade	在街道，門等建造的臨時障礙物
バレー	(法)	ballet	芭蕾舞
バレー＝バレーボール		volley-ball	排球
バロメーター		barometer	一定的標準
バンド		band	帶。樂隊
パー		par	同價。同等
パーセント		percent	%。百分比率
パーティー		party	伙件。晚餐會。舞會。交際性的集會
パート		part	部分。角色
パートタイム		part time	部分時間（非全日）之雇用
パートナー		partner	舞伴
パイプ		pipe	笛。烟斗。管子
パイン＝パイナップル		pineapple	鳳梨
パインカン＝パイナップルカン		pineapple can	鳳梨罐頭
パトカー＝パトロールカー		patrol-car	巡邏車。巡察車
パトロール		patrol	偵察。巡邏隊
パトロン		patron	支援者。對藝術家，演員的生活加以照顧的人

パニック panic 經濟恐慌
パビリオン pavilion 臨時的建築物
パルプ pulp 紙漿
パンク puncture 輪胎爆破
パンチ punch 以拳的打擊。打孔器
パンフレット pamphlet 小册子。小論文的印刷物

ヒ部

ヒーター heater 加熱器。暖房設備
ヒス＝ヒステリー (德) hysterie 病態的。精神興奮狀態
ヒット hit 成功。安打
ヒント hint 暗示。線索
ビキニスタイル bikini style 在海水浴場的暴露服裝
ビジネス business 事業。業務。商用
ビジョン vision 未來的構想。夢想。幻想
ビタミン vitamin 維他命
ビニール vinyl 合成樹脂

ビル＝ビルディング	building	高樓。大厦
ピーク	peak	峰。最高點
ピクニック	picnic	遠足。郊遊。野餐
ピケ＝ピケット	picket	罷工時的糾察人員
ピッチ	pitch	能率。速度。投球
ピューリタン	puritan	清教徒。純潔的人
ピンチ	pinch	危機。難局
ピント	(荷) punt	焦點。中心點
BG（ビージー）	(日) business girl	女事務員（現在改用OL）
PR（ピーアル）	public relations	公共關係。宣傳。廣告
PTA（ピーティーエー）	parent and teacher association	家長和老師的會。母姉會

フ部

ファイト	fight	鬪志。鬪爭
ファッション	fashion	時裝。流行。形式
ファン	fan	扇子。電扇

ファン	fan	熱心的愛好者。迷
フィルム	film	電影。感光膜。膠卷。軟片
フランク	frank	率直。坦白
フリー	free	自由的。無料的。無所屬的
フレッシュ	fresh	新鮮的
フル	full	十分的。充分地
フロンティア	frontier	開拓者。未開拓地方
フロント	front	正面。前線。飯店的賬房
ブーム	boom	突然一時的景氣。流行
ブラウス	blouse	婦女或兒童的短衫
ブラックリスト	black-list	問題人物的名單。黑名單
ブラシ	brush	毛刷。毛筆。畫筆
ブランク	blank	空白。餘白
ブランチ	brunch	早頓兼中頓的飯
ブルーバード	blue-bird	青鳥。幸福的象徵
ブルジョア	(法) bourgeois	有錢人。有產階級

ブルドーザー	bulldozor	有動力的土木機械。開山機
ブレーキ	blake	制動器
ブローカー	broker	中介人。仲買人
ブロック	block	一區劃。木塊
プール	pool	游泳池
プライド	pride	自負。自大。驕傲
プライバシー	privacy	秘密。關於個人自由的權力
プライベート	private	個人的。秘密的
プラカード	placard	標語牌
プラス	plus	有益。加算
プラン	plan	方策。計劃
プリント	print	印刷物
プレゼント	present	贈物。禮品
プレミアム	premium	獎金。加價。佣金
プレハブ	prefabricated house	裝配式的簡易住宅
プロジェクト	project	計劃。設計
プロセス	process	經過。加工。過程

プロ＝プログラム	program	節目單。節目。戲單。計劃
プロ＝プロダクション	production	生產。影片製作所
プロ＝プロマイド	bromide	有名明星的相片，頭字音訛讀了
プロ＝プロフェッショナル	professional	專門職業的人。職業選手
プロ＝プロレタリア	（德）proletarier	勞動階級。無產階級
VIP（ヴィアイピー）	very important person	要人

ヘ部

ヘアトニック	hair-tonic	養髮劑
ヘアネット	hair-net	戴在頭上的網
ヘアバンド	hair-band	束頭髮的帶
ヘリ＝ヘリコプター	helicopter	直升機
ヘルメット	helmet	胄狀帽。盔
ベース	base	壘。基礎。低音。基地
ベール	veil	面紗
ベストセラー	best-seller	最暢銷的書或其作者
ベッドタウン	（日）bed-town	白天赴大城市上班，晚上回來睡的住宅中心城鎮

ベテラン　veteran　老練家。老手。資深的
ベビー　baby　嬰兒。小的
ベランダ　veranda　露臺
ペース　pace　步調。經常的情態
ペット　pet　愛物。寵愛物（小孩、小動物等）
ペンネーム　pen-name　筆名。文人的雅號

ホ部

ホームドレス　（日）home-dress　在家中穿的便服
ホール　hall　會館
ホステス　hostess　招待客人的女主人。酒吧女
ホットニュース　hot-news　最新的消息
ホットライン　hot-line　美國白宮跟蘇聯等國間緊急的通話線。熱線
ホモ＝ホモジナイズド　homogenized　均質化
ホワイトカラー　white-collar　薪水階級的人
ボイコット　boycott　排斥運動。不買同盟
ボイラー　boiler　汽罐。蒸氣鍋

ボーリング　bowling　保齢球
ボーナス（俗語ナス）　bonus　獎金。紅利
ボクシング　boxing　拳擊
ボス　boss　老闆。首領。頭目
ボディービル＝ボディー ビルディング　body-building　鍛鍊身體。健身操
ボリュトム　volume　量。聲重。體積。册
ポイント　point　要點。點
ポーズ　pose　姿勢。裝腔作勢
ポケットマネー　pocket-money　零用錢
ポスター　poster　招貼。宣傳畫
ポスト　post　地位。郵政
ポプュラー　popular　一般性的。流行的。有名的

マ部

マーク　mark　標誌。商標
マーケット　market　市場。小店舖集中的地方
マージン　margin　限度。利潤。邊緣

マイカー族(ぞく)　（日）my car　有自用車的人。有車階級

マイクロ＝マイクロホン　microphone　擴音器。麥克風

マイクロバス　（日）micro-bus　小型巴士

マイナス　minus　減。負。不利

マイホーム　（日）my home　有自己所有的家

マスク　mask　口罩。護面罩（棒球）。容貌

マスコット　mascot　福氣。吉利物或人

マスコミ＝マスコミュニケーション　mass communication　大衆傳播

マダム　madam　女主人。夫人

マッサージ　massage　按摩

マッチ　match　火柴。調和。比賽

マナー　manner　方式。儀態

マニア　mania　熱狂

マニキュア　manicure　美爪術

マネジャー　manager　管理人。監督。經理

マネービル＝マネービルディング　（日）money building　增殖金錢的計劃（由股票、債券、投資等）

マフラー　muffler　圍巾（頸部的）

ママ	mama	媽媽。母親（小兒用語）
ママさん	mama	飲食店的女主人
マンション	mansion	豪華公寓
マンネリズム	mannerism	沒有變化的。千篇一律的。老調
マンモス	mammoth	巨大。巨象
マン（銀行マン、経理担当マン、ビジネスマン）	-man	…人。…員

ミ部

ミーティング	meeting	集會。集合。會議
ミキサー	mixer	混合器。混合者
ミス	Miss. miss	小姐。失策
ミセス	Mrs.	夫人。太太
ミックス	mix	混合
ミルク	milk	牛奶

ム部

ムード	mood	氣氛。情調。景氣

ムービー＝ムービィング ピクチュア	moving picture movie	電影

メ部

メーカー	maker	製作者。製造廠
メーキャップ	make-up	化裝。扮裝
メカニズム	mechanism	技巧。機構
メガホン	megaphone	擴聲器
メッカ	mecca	聖地。嚮往的地方
メッセージ	message	敎書。聲明書。傳言
メニュー	(法) menu	菜單
メモ＝メモランダム	memorandum	備忘錄。覺書
メリット	merit	長所。美點。價值
メロディー	melody	旋律。美麗的音調

モ部

モーション	motion	運動。動作。對異性的挑情動作
モード	(法) mode	流行。方式

モダン	modern	現代式的。摩登的
モットー	motto	標語。座右銘
モデル	model	模型。寫生的對象（女性）。模特兒
モラル	moral (s)	道德。道義
モンタージュ	(法) montage	混合畫。剪輯照片

ユ部

ユーモア	humor	滑稽。諧謔。幽默
ユートピア	(希) utopia	桃源鄉。歡樂鄉
ユーターン	U-turn	汽車轉U字形回來原頭
ユニーク	unique	獨特的。特異的
ユニバーサル	universal	世界的
ユニホーム	uniform	制服。一致（劃一）的運動服
ユネスコ (unesco)	the United Nations Education Scientific and Cultural Organization	聯合國教育、科學、文化機構

ラ部

ライスカレー	(日) rice-curry	加里飯
ライバル	rival	競爭人。情敵
ラインダンス	(日) line dance	排成一列總演出的跳舞
ラグビー	rugby	足球（英國式）
ラストヘビー	(日) last heavy	最後的全力跑
ラッシュ	rush	混亂。突進。人多而混雜的
ラッシュアワー	rush-hour	擁擠時間（上、下班的）
ランニング	running	賽跑。背心

リ部

リーダー	reader	讀本
リーダー	leader	指導者。領導者
リードする	lead	指導。領導
リクリエーション レクリエーション	recreation	休養。消遣。娛樂

リハーサル　rehearsal　練習（戲）。朗讀（劇本）

リベート　rebate　回扣。再扣金

リヤカー　（日）rear-car　自行車後面的兩輪拖車

リュック＝リュックサック　（德）rucksack　爬山用的背囊

リラックス　relax　放鬆。寬鬆。舒暢

リンチ　lynch　私刑

ル部

ルーズ　loose　自由。散漫的。放蕩的

ルート　root　根。語根

ルート　route　進路。經路。途徑

ルール　rule　規定。規則

ルポ＝ルポタージュ　（法）reportage　現地報告。報告書

ルンペン　（德）lumpen　浮浪者。破爛的衣服。失業者

レ部

レース　race　競走。競泳

レース	lace	用絲編織的。花邊
レーダー	radar	電波探知器。雷達
レート	rate	比率。估價
レコード	record	記錄。錄音（盤）。唱片
レジ＝レジスター	register	金錢登錄器。商店的賬櫃臺。登記
レジスタンス	（法）resistance	對於壓制的反抗。抵抗
レジャー	leisure	餘暇。業餘時間
レストラン	（法）restaurant	西餐館
レパートリー	repertory	演藝目錄。演奏曲目
レベル	level	水準
レポ＝レポート	report	報告書。學生的研究論文
レポート }		同右
リポート }		同右

ロ部

ロータリ	rotary	廻轉的。輪番的。圓形的十字路
ローマンスグレー	（日）romance-gray	有白髮的中年男人。中年男人的魅力

ローラー　roller　滾輪。壓路機。有輪的滑鞋

ローン　loan　貸款

ローン　lawn　草坪

ロケ＝ロケーション　location　外景攝影。現地攝影。位置

ロッカー　locker　有鎖鑰的橱櫃

ロックアウト　lockout　工廠關閉

ロボット　robot　機器人。傀儡

ロングセラー　long-seller　長期的暢銷

ロングラン　long-run　長期演出

ワ部

ワイシャツ　white shirt　襯衣

ワンピース　one-piece　婦女及兒童的衣連裙裝

ワンマン　one-man　獨裁者

二、近代再流入日語中的漢語

中名和意義

アヘン（阿片）　鴉片

アマ（ama原葡萄牙語）	阿媽。奶媽或給外國人雇用的女傭人
ウーロン茶（ちゃ）	烏龍茶
カイカイデー	快快的
カバン（鞄）夾板的転訛音？	書包。皮包。皮箱
クーニャン	姑娘
クーリー	苦力
コンス	公司
サンパン	舢板
シューマイ	燒賣
タンバイ	坦白
タンメン	湯麵
チャーハン	炒飯
チャオズ（ギョーザ）	餃子
チャシュー	叉燒。烤燒的豬肉
チャシューメン	叉燒麵。有烤燒豚肉片的湯麵
チャンポン　摻混的転訛音？	摻和。摻混
チャプスイ　雑炊的南方音	十錦菜。什錦飯

ピータン　皮蛋
ポンカン（凸柑）　椪柑
マージャン　麻雀
マンマンデー　慢慢的
メンツ　面子
ラオチュー（老酒）　老酒
ラーメン（老麵）　有肉片和滷肉湯的麵
ロートル　老頭兒
ワンタン（雲呑）　餛飩
ワンラ　完了

其他有一些關於玩麻雀牌的俗語

例如
一向聽（イーシャンテン）
門斷平（メンタンピン）
自（ツ）
對面（トイメン）
和了（ホウラ）

第二章　日語的新語、流行語、俗語

第一章所列舉的外來語只是從一些範圍很小的雜誌、報紙上抄下來的一部份而已。假如將烹調方面，服裝方面，以及其他工商方面也加起來，現代日本人常用的外來語恐怕要以萬的數字來數吧。

除外來語以外，還有日語本身的新語、流行語等等，眞是應接不暇，由マスコミ，メーカー等造出，並且很迅速地流傳到全國各地。（從前新語，流行語都由作家筆下寫出其數量也甚微。）

這種現象，使戰後日本人的語言起了一個很大的變化。目前日本已經有大多數的人在指摘無視語法及慣用，而亂用流行語、省略語、外來語、並指出日語混亂因此而起。

無論如何在這兒抄錄些報紙上、雜誌上常看到的新語流行語和俗語，以便讀者參考。

あ部

青田刈り（あおだがり）　公司與未畢業學生先訂任用契約，或讓他們就職

足踏する（あしぶみ）　停頓。不進行

足を引ぱる（ひっ）　拉住脚不讓進行。妨礙。阻礙

味もそっ気も無い（あじ・け・な）　沒風趣。沒風味

頭に来る（あたまく）　勃然發脾氣。（冒火氣憤）發狂。喝酒頭疼

頭を抱(かか)える　感覺難辦。難以應付
厚(あつ)い壁(かべ)　很大的障礙。難打開的障礙
あっけらかんとした　張口發呆的樣子。呆呆地
後釜(あとがま)　接任的人。後任者
穴(あな)を開(あ)ける　虧空。私用公款
あの手(て)この手　種種方法
天下(あまくだ)り　上級强制的命令（人事）。强制安挿人
泡(あわ)よくば　碰巧。運氣好的話
安保(あんぽ)　日美安全保障條約

い部

家付(いえつ)き、カー付き、婆抜(ばばぬ)き。　現代人的結婚條件，要有房子、車子、而不要老人家
いかす　好感的。極好。絶妙
生(い)き甲斐(がい)　活的意義。生存的意義或目的
いきり立(た)つ　非常生氣
異議(いぎ)無(な)し　沒有異議。沒有反對意見。全面肯定（學生運動語）
椅子(イス)（社長(しゃちょう)のイス）　地位。椅子。職務

板に付く　老練。很適合

至れり尽せり　周到。盡善盡美

一目置く　讓一步。覺得不如〃他〃表示敬意

糸偏景気　纖維業的景氣

否応無く　不管願意不願意。强迫

嫌気を起こす　感覺討厭（厭煩）

嫌気がさす　同右

いやはや大変な騒ぎ　哎呀，眞是大騷擾

嫌味を言う　說挖苦話。說譏誚話

インチキ　不正的。欺騙。假東西

う部

うかつ（迂闊）　疎忽。不謹愼

浮かぬ顔　無精打彩的面孔

うち（うちの会社、うちの人）　屬於我的。家裡。我。我們

鵜の目、鷹の目　熱心地盯着看。直眉豎眼地

うまが合う　投緣的。對勁兒。互相很投機的

海千山千(うみせんやません)　老奸巨猾
裏腹(うらはら)　相反的
裏返し(うらがえ)に　倒過來。翻過來
うるさ型(がた)　吹毛求疵的。事事要表示意見的人
うんざりする　感覺厭煩。厭膩了
うんと有(あ)る　非常多

え部

衛星会社(えいせいがいしゃ)　大公司下面的附屬公司
衛星都市(とし)　繞着大都市周圍的小城市
縁(えん)の下(した)の力持(ちからもち)　在背地裏的支援。背後的援助

お部

おいそれと　輕易地。簡單地
横着(おうちゃく)　偷懶。厚臉皮
大幅(おおはば)に　範圍，程度頗大或廣泛
大立者(おおだてもの)　大人物。重要人物。首領

大手（おおで）の	大規模的
お先棒（さきぼう）を担（かつ）ぐ	輕易地做人家的走狗。做人家的手下奔走
幼染（おさななじ）み	童年時的朋友
汚職（おしょく）	貪汚。瀆職
お節介（せっかい）	多管閒事。多事
おだてる	煽動。慫恿
おっさん	對中年男人的通稱
おっちょこちょい	輕薄的人。輕浮的人
男勝（おとこまさ）り	比男人有主意的（勇敢的）女人
お上（のぼ）りさん	進京的人。從鄉下來大都市遊玩的人
お払（はら）い箱（ばこ）	趕出去。被解雇
おめでた	喜事。傻瓜
思（おも）う壺（つぼ）	預期的結果。所預料的
下（おろ）される	從職位被解雇
下（おろ）す	墮胎。卸下來。弄下來
御曹子（おんぞうし）	名門的兒子
おんぼろ	破爛

か部

鍵っ子（かぎっこ）	住在公寓而獨自以鑰匙出入的孩子（父母都有工作或不在的孩子）
核家庭（かくかてい）	小家庭。最小單位爲中心的家庭
駈出し（かけだし）	新手。生手。少閱歷，無經驗的人
風当り（かぜあたり）	招風。所受的非難（壓迫）。風吹力
肩代り（かたがわり）する	承擔（答應）人家的負擔。代替人家的負擔
かっこいい（かっくい）	很帥。好看
家庭（かてい）サービス型（がた）	以家庭或家族爲中心生活的男人
家電（かでん）	家庭電器
金繰り役（かねぐりやく）	籌措款項的人或任務
金偏（かねへん）	鑛山，金屬產業的俗稱
鞄持ち（かばんもち）	秘書的輕蔑語
過保護（かほご）	過度的保護（例　父母對孩子過份的保護）
カマトト	假裝天眞或假裝不知的人
神風（かみかぜ）	天不怕地不怕的（蠻勇的）年輕人
上下（かみしも）を着（き）る	拘泥形式的。過拘禮節的

雷族（かみなりぞく）　無視交通規則，以快速疾駛機車等的年輕人

空念仏（からねんぶつ）　沒有實行的主張

可愛子ちゃん（かわいこちゃん）　（娃娃臉的）有可愛感的年輕人。

勘がいい（かんがいい）　第六感（靈機）銳敏

勘に障る（かんにさわる）　傷害感情

勘ぐる　猜測。猜疑

勘違い（かんちがい）　誤會。錯認。想錯

閑古鳥が鳴く（かんこどりがなく）　非常荒涼

貫禄（かんろく）　尊嚴。自然有威嚴的

がた落ち（がたおち）　成績、生產、名聲等突然非常低落

がなり立てる（がなりたてる）　大聲嚷。怒叫

ガリ勉（ガリべん）　只顧讀書以外心中沒有他物

頑張り屋（がんばりや）　努力家。拚命幹的人

き部

きざ　裝模作樣。矯飾。討厭。刺耳刺目

きっかけ　開端。動機。機會

気取る　冒充。裝模作樣。矯飾

きめつける　指責。申斥

胆を潰す　嚇破了膽。非常害怕

胆を冷やす　恐懼。提心吊膽

許容量　容許的份量（例　原子塵等等）

く部

食い止める　防止。阻止

釘を打つ　叮問好。說妥。釘死

草野球　不是正式的棒球。拙劣的棒球

腐れ縁　孽緣。惡緣

口火を切る　開頭。開口說出

首切り　開除。撤職

首が回らない　債臺高築。週轉不靈

黒い霧　有不正的嫌疑。有不正的做法

食わず嫌い　不知道實際情形只感覺厭惡的（人）

愚痴を零す　發牢騷

愚連隊（ぐれんたい）　流氓

け部

芸能（げいのう）　技能。有一藝之長（藝術方面）的才能。電影、音樂、跳舞的總稱

怪我（けが）の功名（こうみょう）　失敗却變成好結果。僥倖

けし掛（か）ける　煽動。挑唆。挑撥

桁外（けたはず）れ　格外。期待以外。差異太多

けち　小器。吝嗇

けちる　吝嗇

けちを付（つ）ける　說壞話。挑毛病

毛並（けな）み　血統。家世。毛長的樣子

喧嘩（けんか）が早（はや）い　愛打架。動不動就打架。容易動武

喧嘩に強（つよ）い　强於打架。

こ部

公害（こうがい）　對於一般人民生活有害的烟霧、噪音、汚水等等

高姿勢（こうしせい）　高壓的態度。强硬態度

交通遺児（こうつういじ）　由交通事故而失去父母親的孩子

こき下す	說得一錢不值
こけおどし	紙老虎。嚇不倒人的恫嚇
焦げ付く	焦了。貸款不能收回來。呆賬
こそこそする	偷偷摸摸地。鬼鬼祟祟地。靜而小的聲音
骨を会得する	學會手法（要點、秘訣）
殺し文句	甜言蜜語
御挨拶だね	沒情面的話呀。太冷酷（冷淡）的話啦
午前様	每天午夜以後才回家的男人
胡麻を摩る	阿諛。拍馬。諂媚
ごまんと有る	有很多

さ部

採算に合う	合算
最後のドタン場	最後的場合。千鈞一髮之際
さしで	兩個人相對着
さし金	教唆。唆使
匙を投げる	認爲不可救的。放棄。斷念

沙汰（さた）　消息。通知。命令。處分

殺人的（さつじんてき）　要命的那麼厲害。非常厲害

三種の神器（さんしゅのじんぎ）　過去指皇位象徵的三種神器，現在指冰箱、洗衣機、電視機，家庭生活三種需用品

三羽烏（さんばがらす）　三個優秀的門徒（部下）

座（ざ）　地位。座位。臺。劇團（場）

ざっくばらん　坦率地。心直口快。坦白地

ざらに有（あ）る　不稀奇。到處都有。多

し部

思考放棄（しこうほうき）　放棄了思考能力

しこり　肌肉發硬。感情不融洽。芥蒂

しごく　殘酷地鍛鍊

姿勢（しせい）　態度

しぶちん　吝嗇的人

始末屋（しまつや）　節儉的人。不浪費的人

斜陽族（しゃようぞく）　第二次大戰以後沒落的貴族

社用族（しゃようぞく）　用公款遊玩、吃、旅行的公司職員

出馬（しゅつば）する	出動。參加。立候補
主婦（しゅふ）の座（ざ）	主婦的地位。主婦的任務
昭和元禄（しょうわげんろく）	如德川元祿時代那麼繁榮，享受的昭和時代
尻拭（しりぬぐ）い	處理人家辦不好的事
白（しろ）バイ	警察機關的白色摩托車
皺寄（しわよ）せ	不好（不妥）的地方推在另一邊
シンから考（かんが）える	認眞（正經）地想。由衷的去考慮
心中（しんじゅう）	兩個以上的人在一起自殺
自粛（じしゅく）	自己謹愼。自愼自戒
時代層（しだいそう）	上代，下代的差異
自腹（じばら）を切（き）る	用自己的錢付款
蒸発（じょうはつ）する	突然不知去向。突然變成行蹤不明
常連（じょうれん）	常客。經常來的客人們
神武景気（じんむけいき）	開國以來的好景氣。非常好的景氣

す部

す気（け）ない	冷淡。冷酷的。沒有情面的

凄（すご）い	好得很。很
筋（すじ）が通（とお）る	有一貫的條理（道理）。有道理
涼（すず）しい顔（かお）	佯故不知的樣子。若無其事的樣子
すっからかん	一無所有的。空空洞洞的
すっぱ抜（ぬ）く	揭發。暴露
捨科白（すてぜりふ）	臨走時說的恐嚇性的話。臨走時不求回答的逞強硬話

せ部

世界（せかい）を股（また）に掛（か）ける	走遍世界
絶対（ぜったい）	絕對。完全。現在年輕人下面都接肯定語用
せっぱ詰（つ）まる	走投無路。萬不得已
前衛（ぜんえい）	先鋒。前方的護衛。不拘泥於傳統，表示有個性美的藝術文藝等
全然（ぜんぜん）	完全。十分地。下面都接肯定語用

そ部

総会屋（そうかいや）	擁有零碎的股份出席股東大會而搗亂的人
疎外（そがい）	疏遠。不理睬

素材　材料。題材
喪失（挨拶喪失）　失掉（碰面都不「會」客套的人）
そっぽを向く　不加理睬
ソロバンが高い（算盤）　以得失爲第一想的
ソロバンが合う　合算
ソロバンが堅い　對於利害得失不馬虎（堅實）
ソロバンを弾く　打算盤。考慮有利與否。計算

た部

体当り　全力以赴。拚命幹
大衆団交　以全體人員交涉（不派代表。學生運動語）
大所高所　放大眼光。站在高處看
太平ムード　太平氣氛
太陽族　荒唐無稽的年輕人
高飛びする　遠走高飛。逃跑
鷹派　强硬派（主張强硬作風（戰爭等）的人們）
竹の子生活　靠典蕩衣服度日。出賣衣服，家具等物度所過的生活

蛸配（蛸配当）　公司沒有盈餘而動用資本分紅

畳の上に頭をすり付ける　平身低頭，表示最大的敬意或謝罪

谷間　處於兩個强大國家之間「的國家」。處於兩個高大建築物之間

頼みの綱　依靠的憑據（辦法。希望）

タンカを切る　大聲吆喝。得意忘形地大聲說話。大聲吵罵

台無しになる　沒有用了。弄壞了。糟蹋了

駄々をこねる　撒嬌。折磨人。鬧人

駄目　不行。不可以。無用。無望

断絶　兩者之間意見不和。意見不通

団地　ニュータウン的譯語。有學校，醫院等的集團住宅區域

ち部

チャキチャキ　紅人。得意的。地道的

ちゃちな　簡陋的。小小的

チャッカリ屋　能幹精明的人。不吃虧的人。老奸巨猾

ちゃらんぱらん　胡說八道的（人）。不可靠的人

ちゃんちゃら可笑しい　滑稽之至

ちらし　廣告單。撒着菜，魚肉鬆等的飯

つ部

詰め寄る　緊逼對方。要求回答

ついている（ついてる）　運氣好。幸運的

吊し上げる　吊掛起來。群衆責問。嚴厲指責

て部

低姿勢　向對方表示謙遜（自卑）的態度

低調　不熱烈。不暢旺

低迷期　呆滯難以伸展上升的時期

てきぱきする　做得敏捷痳俐

天秤に掛ける　踩兩隻船。衡量雙方的利害，得失或比較雙方的優劣輕重

でかい　大的

出稼ぎ　出外掙錢

でか／＼と出る　大大地寫（登）出來

出鱈目　荒唐。胡亂

でぶ	胖子
電撃する	閃電式的迅速攻擊
でんと構える	表現鎮靜的態度。沉掂掂地
てんやわんや	混亂。天翻地覆

と部

年の功	年事高經驗多。閱歷豐富
トチりを演ずる	說錯臺詞
トチる	說不出口。說錯
とても	下面接肯定語時＝非常。接否定語時＝怎麼也…不。不輕易
共稼ぎ	夫婦均工作。兩口子掙錢
共働き	同右
取り越し苦労	杞憂
取り沙汰	談論。議論。傳說
取り付け	擠兌。安裝
とんとん拍子	一帆風順地。順順利利地
ど偉い	非常偉大。非常（意外的）厲害

ドキマギする　慌張。

どけち　非常吝嗇

ど根性　本性質。根性

ドサクサ紛れ　趁着忙亂。趁火打刼

ドサ回り　在地方巡廻演出（馬戲團、戲團）。鬧區的惡棍

ドロンする　逃之夭夭。跑掉了。失踪

な部

何食わぬ顔　若無其事的面孔（臉色）

浪花節的　拘泥於情義的（言動）

舐めた話　瞧不起人的

成金　暴發戶

なりふり構わず　不管外表。不修邊幅

に部

にべも無く　非常冷淡的

睨みが利く　有威力的。能制服人的

人間疎外の社会　使人互相疎遠而不連絡（不相關）的社會

ね部

根が深い　很長的歷史。經過長時間的。來源長久

の部

伸し上がる　向上爬。抬高身價。驕傲起來

乗っ取る　奪取。侵佔

のべつ幕無し　連續不斷地（進行）

ノホホンとする　遊手好閒。滿不在乎地

飲んだくれ　醉漢。酗酒者

は部

掃き溜に鶴　卑微的地方來了貴賓

白紙　沒有先入感的狀態。沒有成見的

走る凶器　用於比喻汽車

ハッパを掛ける　激勵。警告。裝炸藥炸岩石

鳩派(はとは)	和平派。溫和派。鷹派的相對語。(鳩＝鴿子)
花形(はながた)	名演員。明星。出名。流行的
鼻息が荒い(はないきがあらい)	盛氣凌人，氣勢高漲
花盛り(はなざかり)	盛開。妙齡。旺盛時期
鼻白らむ(じ)	露出懦怯的表情
鼻持ちならない(も)	臭得很。臭人。卑鄙的。令人討厭的
羽を伸ばす(はね・の)	自由(輕鬆)地行動
幅を利かす(はば・き)	發揮威勢
はみ出す(だ)	溢出。擠出。露出
はらはらする	提心吊膽的
ハレンチ(破廉恥(はれんち))	恬不知恥。厚臉皮。不知害羞的。敗德的
早合点(はやがてん)	貿然斷定。未經了解就早作斷定的
バタ臭い(くさ)	洋味的。洋氣十足的
抜本的対策(ばっぽんてきたいさく)	徹底的對策。根本的應付方法
ばてる	累垮
暴れる(ば)	暴露。敗露
パーだ(ぱあ)	回復原狀

パーになる（ばあ）　消賬。互相抵消

パクる（パクり屋）　張開大嘴吃。呑沒。（詐騙，呑沒鉅款的人）

ぱっとしない　不大精彩。不大好

ひ部

引手数多　引誘者很多。求婚者很多

非行化　不良化

非行少年　不良少年。犯罪的少年

膝をくずさない　坐得很端正

引たくり　搶東西或錢（的人）。強奪賊

人造り　栽培優秀人材

一役を買う　自動地承擔某一任務。幫忙

皮肉屋　好挖苦的人。喜歡說挖苦話的人

火花を散らす　互相激烈地爭論。用刀激烈地相鬪

ひびが入る　發生裂痕。發生毛病

紐付き　暗中操縱的情夫。附有條件的

尾行する　警察跟隨嫌疑人監視其行動

ぴた一文　極少的錢（一文錢）、「都不願意提出或給」

ピカ一　第一。第一名。最優秀者

ぴんからきりまで　從最好的到最壞的。各式各樣的

ふ部

フーテン族（瘋癲）　無目標、不關心、無氣力、無責任而瘋癲般地坐在街頭過日子的年輕人

袋小路　死路。死胡同。絕路

福祉国家　謀求國民的福利爲目的的國家

懐工合が悪い　手頭拮据。手頭緊。沒有錢

不法占拠　違法佔據

ぶっきら棒　直率。唐突。不和氣的（人）

物騒だ　危險。騷然不安

分野　範圍。崗位。領域

へ部

閉口する　爲難。感覺沒辦法

臍繰り　婦人私房錢。偷偷攢的錢

へったくれも無い　什麼都不足道。沒有價值

へっちゃら　毫不在乎。不介意

ヘマをする　作不應有的錯事。拙笨（事）

ベタ褒め　完全地稱讚

ベタ惚れ　完全地佩服（喜愛）

ベラ棒　非常。很。不合理

ほ部

干す　弄乾。晾乾。不給工作

ほっと一息つく　喘了一口氣。放了一個心

ほっとする　放心

ぼそっとする　呆呆的。心不在焉的狀態

ぼろ　爛衣服

ぼろ儲け　太容易賺的錢。不勞而賺來的錢

ぼろ株　無價值的股票

ぼろ会社　微不足道的公司

ぼろを出す　露出缺點

ポックリ病	突然死去的病。暴卒的病

ま部

前向き姿勢	進步的態度。走向時代進步的方向去的態度。積極敢爲的態度
真っ平御免	不願意，不能的拒絕語。絕不接受
まやかし	欺騙。僞造物
眉唾物	可疑的事（東西）
眉に唾を付ける	應加以警惕（免得上當）
まる儲け	全部賺下
まるまる儲け	同右

み部

みえっぱり	好裝飾外表或虛榮（的人）
水掛け論	沒有結局的議論
味噌をつける	丟臉。失敗。失面子
身びいき	偏袒與自己有關的人
みみっちい	吝嗇的

む部

むきになる	當做認眞。認眞的「生氣」
無駄足を踏む	白跑一趟
無理心中	强迫同意一起自殺

め部

メートルを上げる	多喝了酒興高彩烈起來
盲判を押す	沒有看內容就蓋印承認
めどがつく	有目標（目的）了
目の上の瘤	眼中釘。障礙物

も部

モーレツ（猛烈）社員	替公司非常賣力做事的職員
もぐり	無照的業者。非法運動的人
もたつく	態度不明確。進行很慢。不能順利進行
もてる	受人歡迎。能保持。能拿到
物言い	講話。異議。爭吵

物凄い　甚，很。令人可怕的

や部

八百長　摔角、運動及種種比賽雙方預先商量好的輸贏。假比賽

自棄糞　自暴自棄

自棄っぱち　同右

野次馬　起鬨的人們。在出事等場合圍攏來觀看的群衆

籔蛇　自找麻煩

山が当る　猜題猜對。冒險得了利

闇物資　黑市的東西

遣り繰り　設法安排。勉强籌劃

遣り手　能幹的人。給與的人。工作者

ゆ部

有閑マダム　有閒及有錢的太太。不事生産的婦人

油断大敵　千萬不可疎忽大意

油断禁物　同右

よ部

横這い（よこばい） 物價，股票等的行情，經過一段時間都沒有變動

弱い（よわい） 容易破損。不堅牢。不得意。不擅長

ら部

埒（らち）があかない 事情依然不能解決。沒有歸結

れ部

れっきとした 有明顯的身份，家世

連休（れんきゅう） 連續的假日

ろ部

浪人（ろうにん） 考不上學校而在期待下次的無職業的人

一浪（いちろう） 做了一年的浪人

二浪（にろう） 做了兩年的浪人

わ部

分(わ)かっちゃいない　一點兒都不了解（不懂）

鷲派(わしは)　最强硬派（主張戰爭或强硬手段的人們）鳩派的相對語。

（和平派）ハト派 → タカ派（鷹）＝强硬派
（和平派）ハト派 → ワシ派（鷲）＝最强硬的派

後記

日語會話由於說者，聽者，涉及第三者（話中人物）之間的尊卑，親疏，或優劣等的關係和場合的區別，致語體有常體、敬體、最敬體的型態，而且各語體裡的語詞也有其不同的地方。

本書雖有各種語體的比較和詳細的舉例說明，可是爲了顧及讀者使用日語的實際情形，大體以年輕人用於較生疏較需客套場合的日語會話爲中心而編輯者。